나는 맘먹었다.
나답게 놀기로

나는 맘먹었다, 나답게 늙기로

초판 1쇄 발행 2010년 10월 30일 (웅진지식하우스 발행)
재판 1쇄 발행 2017년 3월 10일
재판 3쇄 발행 2021년 11월 11일

지은이 박혜란
펴낸이 이수미
편집 김연희 **일러스트** 설찌 **디자인** [★]규 **마케팅** 김영란

종이 세종페이퍼 **인쇄** 두성피엔엘 **유통** 신영북스

펴낸곳 나무를 심는 사람들
출판신고 2013년 1월 7일 제2013-000004호
주소 서울시 용산구 서빙고로 35, 103동 804호
전화 02-3141-2233 **팩스** 02-3141-2257
이메일 nasimsabooks@naver.com
블로그 blog.naver.com/nasimsabooks

박혜란 ⓒ 2017
ISBN 979-11-86361-39-9 03810

페미니스트 박혜란의 조금 특별한 일기

나는 맘먹었다, 나답게 늙기로

박혜란 지음

나무를 심는 사람들

아무리 나이를 먹어도
그냥 나답게 살기로 했다

쉰 살 중반, 갑자기 몸과 마음의 에너지가 고갈되고 있다는 느낌에 아찔했다. 부모님으로부터 무쇠 체질을 물려받은 덕분에 잔병치레 없이 살아왔던 터라 내 몸도 내가 돌봐야 하는 대상이라는 생각은 아예 없었다.

결국은 응급실을 거쳐 한 달간의 입원으로 이어질 정도로 몸이 망가졌다. 병상에 누워 새하얀 천장을 바라보면서 나도 별수 없이 이렇게 늙어 가다 죽는 거구나 싶으니까 두려움과 서러움이 한꺼번에 몰려왔다.

난생처음, 나이는 내가 아무리 먹고 싶지 않아도 저 스스로 해마다 얄짤없이 내 몸으로 들어오는 성실한 손님이라는 사실을 인정하지 않을 수 없었다. 그런데도 왜 그 사실을 외면하고 나만은 예외라고 믿었을까. 새삼스레 주위를 살펴보니 나만 그런 게 아니었다. 너나없이 나이를 밀어 내느라 몸부림치고 있었다. 나이는 추하고 약하고 악한 존재였다.

심지어 나이가 덜 든 사람들과 나이가 많이 든 사람들 사이에는 적대국처럼 높다란 장벽이 세워져 있다. 모두가 오래 사는 세상이 되었는데 모두가 나이 드는 것을 두려워하고 서러워하니 이런 걸 비극이라고 해야 하나, 희극이라고 해야 하나.

아무튼 나는 남이 못한 대발견이라도 한 듯이 나와 몸과 나이와 세상에 대해서 떠들어 보기로 했다. 내가 창간 때부터 편집위원으로 일해 온 〈여성신문〉에 '나이듦에 대하여'라는 매우 두리뭉실한 제목의 칼럼으로. 거의 두 해 동안이나 창피한 줄도 모르고 내가 느끼고 생각하는 '나이 듦'의 이런저런 증상들을 낱낱이 파헤치다 보니 구질 맞고 허접스런 넋두리에 독자들은 많이 괴로웠을 게다. 하지만 늘 그렇듯이 글을 쓰는 동안 나 스스로는 서서히 치유되는 기분이었다.

그 글들을 모아 펴낸 『나이듦에 대하여』(웅진닷컴, 2001)는 예상을 뛰어넘는 호응을 얻어 오히려 내가 더 놀랄 지경이었다. 아마 먼 나라 이야기로만 생각했던 노령화 사회라는 단어가 슬슬 실감이 나기 시작하던 즈음이었기 때문인가 보았다. 내가 보기엔 아직 풋풋한 기가 살아 있는 30, 40대 독자들로부터 '공감 간다', '위로받는다'라는 말을 들을 땐 좀 난감하기도 했지만 솔직히 흐뭇했다.

10년이 지나서야 내가 그야말로 '새파란' 나이에 어지간히 호들갑을 떨었구나 싶어 얼굴이 화끈거렸다. 왜 오래전 사진을 들여다보면 그렇잖은가. 당시엔 스스로 더 이상 젊지 않다는 생각에 주름투성이 얼굴 찍어서 뭐하냐며 피해 다녔는데 몇 년 후에 보면 '아, 이때만 해도 참 팽팽했었구나!' 그립지 않은가 말이다.

나이라는 게, 인생이란 게 다 그런 것 같다. 지나 봐야 보이는 것들이 있다.

아무튼 그렇게 겁도 없이 나는 쉰 중반에 '노년전문가'

라는 황감한 타이틀을 얻었다. 내 또래들 앞에서 '제대로' 또는 '현명하게' 또는 '아름답게' 또는 '우아하게'라는 온갖 수식어를 붙여 '친구들, 우리 이렇게 나이듭시다'라고 외칠 때면 그래도 괜찮은 편이었다. 언젠가는 평균연령 팔십이 넘은 분들이 가득 모인 오래된 교회 연단에서 '멋지게 나이 드는 법'에 대해서 떠들기도 했다. 아, 그분들이 속으로 얼마나 웃으셨을까. 어린애의 재롱으로 보셨겠지.

예순 살 중반이 되자 내가 나이듦을 너무 비장하게 받아들인 게 아닐까라는 의문이 들었다. 제대로 나이들고 싶다는 염원이 너무 강해서 이제까지 내가 살아온 방식을 왕창 뒤엎어 버리고 무언가 새로운 스타일을 찾기를 바랐던 것 같기도 했다. 유치하고 서툴고 어리석고 거칠었던 나를 나이듦과 더불어 성숙하고 유능하며 지혜롭고 우아한 인간으로 변신시키고 싶어 했었다. 그것도 단숨에.

하지만 꿈은 꾸는 것만으로 만족해야 할 때가 더 많은 법이다. 10년이 지나도록 나이는 꼬박꼬박 먹었지만 나는 여전히 그 자리에 머문 채 한 치도 나아지지 않았다. 슬프지만 사실이었다. 그사이 회갑을 넘기고 세 며느리의 시어머니가 되더니 다섯 손주의 할머니가 됐다. 새로운 호칭이 생겼으니 그에 걸맞은 역할이 어떤 건지 나름 진지하게 주위를 둘러보았지만 내 맘에 쏙 드는 답은 잘 보이지 않았다.

내 아이들을 키울 때도 그랬다. 세상이 말하는 좋은 엄마 노릇은 여러 모로 내 능력을 뛰어넘는 것들이었을 뿐만 아니라 무엇보다도 내 취향에 맞지 않았다. 나는 결국 내가 생각하는 대로의 엄마 노릇을 하기로 했고 그것으로 충분히 행복했다. 아이들에겐 미안한 얘기지만 난 엄마답게 살려고 애쓰지 않고 그저 나답게 살았던 것뿐이었다.

나는 이번에도 슬그머니 '시어머니다움'이나 '할머니다움'에 대해서 고민하는 것을 그만두기로 하고 그냥 내가 생각하는 대로 시어머니 노릇을 하고 할머니 노릇을 하기로 스스로와 타협했다. 즉 나는 맘먹었다, 아무리 나이를 먹어도 그냥 나답게 살기로. 그러자 나이듦의 무게가 한결 줄어들었다. 사는 게 그럴 수 없이 가볍게 느껴졌다.

2010년에 펴낸 『다시, 나이듦에 대하여』는 2001년 『나이듦에 대하여』를 펴낸 이후 10여 년 동안 더 깊어지지도 넓어지지도 않은, 심지어 점점 가벼워져 가는 60대 여성의 사소한 일상을 엮은 이야기다. 부끄러움도 없이 털어놓은 거친 수다를 많은 분들이 유쾌하게 받아 주어 다시 한 번 큰 위로를 받았었다.

얼마 전 일흔을 맞으면서 명실공히 노년인증서를 받아 든 기분이 들어 나이듦에 대한 세 번째 이야기인 『오늘, 난 생처음 살아 보는 날』을 펴냈다. 장수에 대한 설렘보다는 불안이 더 커진 시대여서 그런지 파장이 꽤 널리 퍼져 나가는 듯하다.

첫 책과 세 번째 책을 맡아 펴낸 이수미 편집자(나무를 심는 사람들 대표)가 새삼스레 『다시, 나이듦에 대하여』의 절판이 너무 아쉽다며 개정판을 내자고 권했다. 모든 편집자는 자신의 저자가 제일 좋은 저자라는 착각에 빠져 산다고 한다. 조금 망설이는 척하다가 편집자가 그 착각에서 깨어나기 전에 얼른 동의했다.

다시 읽어 보니 그때의 나나 지금의 나나 조금도 달라진 것이 없어 보인다. 역시 겉만 늙었을 뿐 속은 여전히 유치하고 가볍군. 그러자 그럴듯한 제목이 금방 떠올랐다. '나는 맘먹었다, 나답게 늙기로'

돌아보면 지나간 것에서도 늘 새로운 의미가 찾아진다. 그리고 보면 나이 드는 것도 그리 나쁘지 않은 것 같다.

2017년 2월 박혜란

차
례

1장

이런 내가
어때서

...
낭만이고
뭐고

낯선 파티였다. 파티에 대한 사전 정보라고는, 재미있게 살고 싶은 젊은 여성들의 모임이라는 게 전부. 우연히 만난 젊은 여성으로부터 즉흥적인 초대를 받았다. 다른 때 같았으면 피식 웃는 걸로 거절했을 텐데 그날은 달랐다. 자세한 내용도 묻지 않은 채 선뜻 가겠노라고 약속을 해 버렸다.

가 보니 뜻밖에도 아는 얼굴이 몇몇 있어서 뻘쭘한 상황은 좀 면했다. 물론 뻘쭘한 상황을 즐기고 싶은 심리 때문에 참석을 결정한 것이긴 하지만. 그렇다고 금방 낯선 분위기에 익숙해지진 못했다. 나는 물에 뜬 기름처럼 겉돌았다.

가끔은 그렇게 낯선 곳에 나를 놓아두고 싶다. 낯선 곳에서는 세상과 자신이 조금은 달리 보이기 때문이다. 흥, 나이가 들면 익숙한 게 좋은 법인데 넌 아직 젊다 이거지? 이렇게 이죽거린다면 잘못 짚었다. 젊었을 때는 오히려 낯가림이 심해 조금만 낯설어도 움츠러들었지만, 나이들면서 점점 낯섦 그 자체를 즐기고 싶은 마음이 강해진다. 내 성격이 바뀐 건지, 아니면 나이 덕분인지는 잘 모르겠다.

물론 그날 나는 단연 최고령자였다. 오히려 나는 그 사실을 잊고 있었지만 사람들은 무슨 수를 써서라도 내 정체를 드러내 준다. 아무리 자유로운 척해도 경로사상이 투철한 문화에서 자란 사람들이니 별수 없다. 젊은 사람들은 내 나이를 알아낸 순간 자신과의 거리를 확인하며 예의 바른 감탄사를 발한다.

내 젊은 시절을 생각하면 놀랄 일도, 화낼 일도 아니다. 나도 그랬으니까. 지나온 나이는 아주 가깝게 느껴지지만 앞에 놓인 나이는 까마득한 법이다. 나야 그저 나이 따위는 숫자에 불과할 뿐이라는 구호를 내세우며 최대한 뻔뻔스러운 표정으로 파티를 즐기면 그뿐이다. 그냥 그들처럼 마음을 활짝 열고 재미있게 놀면 된다.

그런데 과연 '그들처럼' 될 수 있을까? 처음에는 그런대로 괜찮았다. 먹고 마시고 춤추고 노래하는 건 얼마든지 따라 할 수 있었다. 예전처럼 꼭 잘해야 한다는 자의식은 사라진 지 오래니까. 춤도 노래도 꼭 잘해야만 하는 건 아니니까. 못하는 사람이 있어야 잘하는 사람이 도드라지는 법, 그래야 오히려 파티에 크게 기여하는 셈이 아닌가.

하지만 이내 들통이 나고 말았다. 바깥에 눈이 펑펑 쏟아지기 시작했다는 소리를 듣는 순간 나는 젊은이들로부터 떨어져 나왔다. 나는 얼른 나이든 사람의 자세로 돌아갔다. 속없이 환호성을 지르는 겉모습은 같아 보였겠지만 속은 영 달랐다. 이내 걱정의 쓰나미가 나를 덮쳤다.

아니, 그 수많은 날을 놔두고 하필이면 왜 오늘 밤에 눈이 오는 거야? 집에 있을 때 오면 얼마나 좋아. 기온도 뚝 떨어졌으니 길은 얼마나 미끄러울 것이며, 이 시간에 버스는 제대로 굴러갈까? 바로 몇 시간 전에 떠나온 집으로 무사 귀환할 일이 벅찬 과제로 다가와 머릿속이 일순간에 복잡해진다.

바로 이런 것들이다, 나이를 먹어 가는 증거들은. 낭만은 순식간에 사라져 버리고 그 자리에 오만 가지 걱정이 들어선다. 눈이 오면 젊은이들은 연인이나 친구에게 '눈이 와!'라는 문자를 날리며 밖으로 뛰쳐나가지만, 나이든 이들은 몇 달 전부터 정한 약속도 취소한 채 서둘러 집으로 돌아간다.

젊은이들은 하얀 눈으로 덮인 세상을 반기며 아름다운 인생을 찬탄하지만, 나이든 이들은 마음이 무거워진다. 길이 미끄러울까 걱정이고 넘어질까 걱정이다. 내 걱정도 걱정이지만 이웃 걱정도 못지않다. 농촌의 비닐하우스가 무너질까 걱정스럽고 가난한 이들이 더 추울까 가슴 아프다.

그날 밤 나는 파티가 끝날 때까지 버티지 못하고 결국 중간에 나오고 말았다. 보아하니 파티는 밤새도록 이어질 모양이었다. 어차피 밤샘할 체력은 갖추지 못한 처지다. 버스가 안 다니면 더 멀리 떨어진 지하철역까지 걸어가야 하는데 자칫하다간 지하철까지 끊길지도 모르는 시간이었다.

눈은 계속 펑펑 내렸고 기온도 따라 내려가는 바람에 길은 이미 얼어붙었다. 그날따라 급히 나오느라 모자도 스카프도 없는 맨머리에 커다란 눈송이가 달라붙는 것도 불쾌한 데다, 미끄러지지 않으려고 용을 쓰느라 금방 종아리가 아파 왔다. 젊었을 때 같았으면 신나서 미끄럼을 탔겠지만 이 나이엔 자칫 다리가 부러질지도 모른다. 한번 부러지면 또 부러지기 쉬운 법이다. 그러니 매사 조심이 제일이야. 한 발 한 발, 그래 그래 옳지 옳지. 등줄기에 땀이 흘러내렸다.

심야의 종로 거리는 젊은이들로 북적였다. 세밑이라 붐비는 건지, 오랜만에 눈이 와서 한꺼번에 쏟아져 나와 그런 건지, 거리는 환호하는 젊은이들로 온통 축제 분위기였다.

천지 사방 눈을 씻고 둘러봐도 나처럼 나이든 사람은 한 명도 보이지 않았다. 아예 집 밖으로 나오지 않은 건지, 아니면 해가 지자 서둘러 돌아간 건지, 눈을 맞으며 거리를 걷는 노인의 모습은 어디에도 없었다. 하긴 눈이 오지 않는 날도 날이 어두워지면 노인들은 거리에서 사라진다.

젊은이들은 온몸으로 함박눈을 맞으며 마냥 행복해하

는데 나는 아무 쓸모없는 큰 눈을 맞으며 마음까지 얼어든다. 나이든 여자가 무슨 낭만을 즐기겠다고 뜬금없이 파티장에 나왔나 후회막급이었다. 하던 대로 살아야지 안 하던 짓을 하면 꼭 사단이 난다는 말도 있는데.

버스고 택시고 지하철이고 무엇이든 잡아타고 빨리 집으로 돌아가고 싶은 마음밖에 없었다. 익숙하고 따뜻한 거실, 폭신한 소파에 기대앉아 한가로이 TV로 대설 뉴스를 보고 싶었다. 눈 때문에 즐거워하는 사람들, 눈 덮인 거리의 풍경을 구경하며 나의 안락한 밤을 만끽하고 싶었다.

다시는 오지 않을 그해 세밑, 모처럼 눈다운 눈이 내리던 밤을 난 거리에서 그렇게 몸과 마음을 졸이며 신산스럽게 보냈다. 마음은 한껏 재미있게 살고 싶은데 몸은 우선 편한 것만 찾는다. 현실 앞에선 낭만이고 뭐고 다 소용없다. 에고, 이렇게 나이들어 가는구려.

...

그날 아침 삶은 달걀은
누가 먹었을까?

그날도 여느 때와 다름없는 아침 메뉴였다. 사과 반쪽과 고구마 두 개씩, 그리고 삶은 달걀 한 알과 블랙커피 한 잔씩. 50년 이상을 밥과 국으로 꼬박꼬박 챙겨 먹던 우리가 언제부터인가 이렇게 세련된 메뉴로 아침을 때우게 되었으니, 사람 참 오래 살고 볼 일이다.

결혼 후 이날 이때까지 한결같이 식탁을 차려 온 나나, 평생 앉아서 받아먹은 남편이나 처음엔 썩 탐탁지 않던 것 같은데 어느새 태어날 때부터 먹어 온 것처럼 편안하다. 그러고 보면 나이들수록 옛 습관을 바꾸기 어렵다는 말도 항상 옳은 것은 아닌가 보다.

물론 메뉴는 조금씩 바뀔 수 있다. 과일은 1년 내내 거의 사과로 일관되지만 때로는 딸기나 참외, 복숭아를 내놓을 때가 있고, 고구마 대신 감자나 빵, 핫케이크, 떡이 대신할 수도 있다. 변하지 않는 메뉴는 커피, 그리고 삶은 달걀이다.

삶은 달걀로 말하면 솔직히 온갖 성인병을 고루고루 갖추고 사는 우리 부부에겐 백해무익한 식품이다. 쏟아지는 건강 정보들은 하루가 멀다 하고 우리 같은 사람은 절대로 달걀을 먹지 말라고 경고한다. 하지만 우리는 거의 매일 아침마다 달걀 한 알씩을 빠뜨리지 않는다. 그래야만 단백질 결핍으로 쓰러지지 않으리라는 나름대로의 신념에 따라. 그 대신 기름을 둘러야 하는 프라이 대신 끓는 물에 삶아 먹음으로써 칼로리를 조금이라도 줄이고 있다고 자위한다.

우리는 아무리 건강에 나쁘다고 해도 삶은 달걀을 홀대할 수 없는 세대다. 지금이야 달걀이 흔해 빠졌지만 우리 어릴 때만 해도 얼마나 귀했나. 소풍이나 가야 겨우 먹어 볼 수 있는 귀하디귀한 음식이었다. 삶은 달걀은 단지 달걀이 아니다. 삶은 달걀을 베어 물 때마다 그간 살아온 시간을 함께 삼키는 느낌이다.

아무튼 그날 아침에도 평소의 순서대로 사과 반쪽과 고구마 두 개를 다 먹은 후였다. 전화벨이 울렸다. 주말에 청계산에 가자는 친구 전화였다. 1분이나 걸렸을까, 전화를 끊고 식탁으로 돌아와 삶은 달걀을 먹으려고 하는데, 이게 웬일? 달걀 그릇이 비어 있었다.

"여보, 당신 달걀 먹었어?"

"응, 먹었지."

"왜 두 개나 먹었어?"

"응? 하나만 먹었는데?"

"그런데 왜 달걀이 없어?"

"당신이 먹었나 보지."

"나 안 먹었는데?"

"그럼 왜 없어?"

"당신이 내 것까지 먹었으니까 없지."

"왜 내가 당신 것까지 먹어?"

"그러게, 왜 내 것까지 먹어?"

"난 안 먹었어. 당신이 먹은 거야."

"아니, 내가 내 달걀 먹은 것도 모르겠어?"

"그럼 난 달걀을 두 개나 먹고도 그걸 모르겠어?"

"당신이 무의식중에 두 개 다 먹은 거야."

"당신이 먹고, 전화 받느라 잊어버린 거야."

"전화 받기 전에 분명히 하나 남은 거 봤단 말이야."

"당신 요즘 걸핏하면 우기는데 제발 우기지 좀 마."

"내가 우기긴 뭘 우겼다고 그래?"

"지금도 우기잖아. 자기가 먹은 걸 잊어버리고 나한테 덮어씌우잖아."

"아니, 내가 치매야? 먹었는지 안 먹었는지도 모르게?"

"그럼 내가 치매란 말이야? 두 개씩이나 먹고도 모르게?"

결국 그날 아침도 전쟁이 재개되었다. 둘만 살면서부터 날마다 이 꼴이다. 다만 예전과 다른 점이 있다면 전쟁의 발발 원인이 대부분 건망증이라는 점이다. 젊은 날의 그 다채롭기 짝이 없던 원인들은 어느새 사라지고 없다.

"여보, 당신이 내 통장 갖고 있어?"

"아니, 없는데?"

"당신이 지난번에 달라고 해서 줬잖아."

"금방 돌려줬잖아."

"안 줬다니까. 한번 찾아봐."

"금방 줬다는데 그래."

"무조건 줬다고 그러지 말고 한번 찾아보라니까 그래."

"당신이 한 번 더 찾아봐. 나한테만 덮어씌우지 말고."

"그렇게 우기지만 말고 찾아봐. 난 안 받았어."

"당신은 왜 그렇게 우기는데?"

성을 내면서도 혹시나 싶어 통장들을 모아 둔 서랍을 열어 보니 어이쿠, 남편 통장이 도장과 함께 얌전히 숨어 있다. 분명히 돌려준 것 같은데 이게 웬 조화인지 알 수가 없다.

나이 쉰을 넘어서도 총기로 똘똘 뭉쳤다고 해서 '총명 탕'이란 별명을 얻었던 나였는데 요즘 말씀이 아니다. 아침 저녁 식후에 약을 먹었는지 안 먹었는지 헷갈려서 어느 땐 안 먹고 어느 땐 두 번씩 먹는 일이 다반사. 냉장고 문을 열었다가 뭘 꺼내려고 했는지 생각이 안 나서 도로 닫는 경우는 또 얼마나 많은지. 마트에 갔다가 엉뚱한 물건만 잔뜩 사 오는 건 이젠 얘깃거리도 아니다.

나보고 박박 우긴다며 타박하는 남편도 대동소이하다. 아침마다 "여보, 나 약 먹었어, 안 먹었어?"라고 묻다가 "내 약 먹는 것도 잊어버리는데 남이 먹었는지 안 먹었는지 내가 어떻게 알아?"라는 핀잔을 받기 일쑤다. 중요한 서류나 물건은 너무 깊은 데 넣어서 나중에 찾지 못하는 것도 이젠 당연지사다. 같은 책을 두 번 사 오는 일도 심심치 않다. 심지어 주간지까지 똑같은 걸 두 권 사 오는 일도 있다. 한 주가 그렇게 긴 시간인지.

이렇게 건망증이 심하니 치매에 걸릴 수도 있겠다는 두려움이, 또래 친구들만 만나면 일거에 사라진다. 모두들 자기가 얼마나 건망증이 심한지를 경쟁하듯 화려한 전적을 자랑하기 바쁘다. 휴대폰을 냉장고에 넣었다는 식의 고백도 단지 유머거리가 아니다.

건망증이 꼭 나쁘기만 한 것은 아니구나 하는 생각이 들 때도 있다. 내가 좋아하는 미국 수사 드라마들을 볼 때가 그렇다. 재미있게 빠져서 보다가 마무리에 가서야 이미 봤던 드라마라는 사실을 깨닫는다. 어이쿠, 싶으면서도 한 편으로는 건망증 덕분에 '날마다 새로운' 기분을 느낀다면 그것도 괜찮은 일이 아닐는지.

하지만 건망증 때문에 나는 날마다 손해를 본다. 지하철에서 혹은 길을 걷다가 섬광처럼 떠오르는 글감들이 있다. 내가 생각해도 참신한 이야기들이 마구마구 피어오르는 순간이 있지만 그때뿐, 집에 돌아오면 머릿속이 하얀 경우가 너무 많다. 그럴 때마다 앞으론 메모를 해야지 하고 결심하지만 그 결심도 잠깐, 또 금방 잊어버린다. 건망증과 게으름의 환상적인 결합은 앞으로도 굳건할 것 같다.

그런데 참으로 신기한 건, 점점 심해지는 건망증에도 불구하고 '삶은 달걀 실종 사건'은 도저히 머릿속에서 사라지지 않는다는 사실이다. 문득문득 그 삶은 달걀은 과연 누가 먹었는지 궁금하고 또 궁금하다. 분명 난 안 먹었는데.

...

나의 홈쇼핑
탐구 생활

또 지르고 말았다. 이번엔 핑크색 다운 점퍼와 다운 조끼. 값은 9만 8천 9백 원. 자동주문전화라 천 원이 빠진 값이다. 지불 방법은 신용카드 10개월 무이자 할부. 다달이 만 원도 안 되는 금액이지만, 이미 나가고 있는 할부금에 보태면 무시 못할 액수다.

수화기를 놓자마자 벌써 후회가 물밀듯 밀려온다. 이번에도 틀림없이 기대에 못 미칠 상품이 올 거다. 지난번에 주문한 등산복 세트 때문에 적어도 의류만큼은 다시는 홈쇼핑으로 구입하지 않겠노라고 다짐한 게 불과 2주밖에 안 됐다. 올 들어서만도 벌써 몇 번째인지 모른다.

사실 내가 홈쇼핑에 맛을 들인 건 몇 년 안 된다. 채널을 돌릴 때마다 사이사이 끼워 넣은 홈쇼핑 방송들이 아무리 달콤한 유혹을 해 대도 내 귀엔 잡음으로만 들렸다. 어쩐지 믿을 수 없는 것 같다는 선입견이 콱 박혀 있었기 때문이다. 그러다 어느 날 막내며느리가 홈쇼핑으로 주문했다며 생선 몇 봉지를 들고 왔다. 먹기 좋게 반 마리씩 팩으로 포장한 고등어였는데 냉동 칸에 넣기도 편한 데다 맛도 좋았다.

그다음부턴 갑자기 홈쇼핑이 친근하게 느껴지기 시작했다. 채널을 고정하고 보니 지레짐작한 것처럼 말짱 엉터리 상품만 있는 건 아니었다. 종류도 그렇게 다양한 줄 처음 알았다. 식품과 옷 종류만 있는 줄 알았는데 가전제품에 보험 상품까지, 한마디로 안방 백화점이었다. 백화점만 들어가면 머리가 띵한 나로서는 신천지를 발견한 셈이었다.

맨 처음 주문한 상품은 역시 고등어였다. 뭐든지 새로운 시도를 할 때마다 벌벌 떨며 긴장한다고 흉을 잡히는 주제인데도 홈쇼핑 주문은 의외로 후딱 터득했다. 그리고 그 신속한 배송에 입이 딱 벌어졌다. 막내네와 두 집이 나누어도 여전히 많은 고등어 팩을 냉동 칸 구석구석에 찔러 넣고는 한 마리당 가격을 계산하며 얼마나 흡족해했는지 모른다. 벌써 오래전에 살림을 내팽개쳤던 주부가 다시 부엌으로 귀환한 느낌이었다고나 할까.

첫 주문을 계기로 나의 홈쇼핑 사랑은 불이 붙었다. 70마리가 한 세트인 굴비, 호두와 아몬드 등을 세트로 묶은 캘리포니아 견과류, 뜨거운 물을 붓고 15초만 지나면 먹을 수 있는 수프 등이 속속 집으로 배달되었다. 가장 많이 주문한 상품은 역시 김치.

식품은 나를 실망시킨 적이 없다. 맛이나 신선도, 특히 가격 면에서. 단 한 번 예외가 있다면 언젠가 갈비탕을 시켰을 때였다. 제품을 소개하러 나온 사람도 안면이 있는 데다가 화면에서 보글보글 끓는 모습에 입맛이 당겼다. 그러나 배송되어 온 갈비탕을 먹어 보니 맛이 영 아니었다. 하지만 그것도 이해는 된다. 진짜 한우 갈비를 사다가 끓인다면 도저히 그 가격이 나올 수 없다는 걸 아니까.

가장 성공한 식품은 호주산 생갈비. 지난 추석이었다.

명절은 다가왔는데 시장에 가기는 귀찮아 미적거리고 있을 때였다. 채널을 돌리다가 눈이 확 뜨였다. 선홍빛 갈비 색깔을 보자마자 수화기에 손이 갔다. 물론 가장 유혹적인 포인트는 역시 가격. 마트에서 고기 종류를 장만하려면 어림도 없는 액수였다. 명절날 자식들한테 한우가 아닌 호주산을 먹인다는 게 약간 꺼림칙하긴 했지만, 그날 아침 엄마가 모처럼 정성 들여 잰 갈비를 구워 먹은 아이들은 한결같이 연하고 맛있다고 호평 일색이었다.

그릇 종류를 사기에도 홈쇼핑은 안성맞춤이었다. 큰애네 식구가 귀국하는데 이삿짐은 두 달 후에나 온다고 했다. 가구야 없이 지낸다 해도 최소한의 부엌살림이 당장 문제였다. 친구들은 친정어머니가 어련히 알아서 마련해 줄 텐데 시어머니가 왜 나서느냐며 의아해했지만, 난 그런 역할 분담엔 개념이 없는 사람이다. 게다가 큰애의 부탁으로 우리 동네에 집을 구해 놓았으니 그릇쯤이야 내가 마련해 줘도 무슨 흉이람.

하지만 큰 시장에 가면 들고 오는 게 큰 문제고, 가까운 마트에서 낱개로 사자면 번거롭기 짝이 없다. 옳지, 이제부터 홈쇼핑 탐구 생활에 들어가자. 열심히 탐색하다 보면 그릇 파는 시간과 맞닥뜨리겠지. 그리하여 내 생애 처음으로 본격적인 홈쇼핑 사냥에 돌입했다. 예상은 적중했다. 일주일 동안 홈쇼핑 채널을 열심히 탐구한 결과 나는 내가 원했던 각종 그릇 세트, 냄비 세트, 프라이팬 세트를 완비할 수 있었다. 그리고 덤으로 내 몫까지 챙겼다. 도자기로 된 밀폐용기 세트, 전기 그릴팬, 도깨비 방망이 등이 부엌에 쌓였다. 또 오래전부터 소문이 자자했지만 구경도 못했던 스팀 청소기도 건졌다. 몇 번 쓰고 구석에 세워 놓은 상태지만.

여기서 그쳐야 했다. 필요한 것들은 대충 샀으니 앞으로는 다시 식품에만 전념하면 되었을 것이다. 그런데 어느새 나를 유혹하는 상품들이 새로 나타났다. 한 번도 거들떠보지 않았던 품목, 그것은 옷이었다. 홈쇼핑에서 파는 옷 종류가 그렇게 다양한 줄 처음 알았다. 속옷에서부터 밍크코트에 이르기까지 철마다 다른 갖가지 옷이 새록새록 등장했다. 옷은 입어 보고 사야 한다는 나름의 원칙이 있었던 터라 아무리 현란한 말솜씨로 유혹해도 나는 끄떡없었다. 하지만 쉽게 포기할 홈쇼핑이 아니었다. 기어이 넘어가고 말았다.

반팔 티셔츠가 여러 벌 필요하다고 느낀 초여름이었다. 홈쇼핑에서 티셔츠를 소개하는데 6만 원 정도에 무려 여섯 벌을 보내 준단다. 색깔이나 모양, 질감이 아주 괜찮아 보이는 데다 '매진 임박'이란 자막에 홀려 수화기를 들었다.

그러나 이틀 후 받은 물건은 기대했던 것과 크게 달랐다. 젊고 늘씬하고 예쁜 모델이 입으면 어떤 옷이라도 멋지게 보인다는 사실을 깜빡했던 것이다. 색깔도 화면과는 달리 칙칙하고 옷감의 두께도 너무 얇아 볼록 튀어나온 배가 한층 더 도드라져 보였다. 내 나이와 몸매에는 전혀 어울리지 않는 옷이었다. 완전한 실패였다.

홈쇼핑에서 옷을 사려면 어떤 상품보다 더 심사숙고해야 한다는 귀중한 교훈을 얻은 것으로 낭패감을 달래야 했다. 하지만 실패를 만회해야 한다는 강박증 탓이었나, 불과 며칠 지나지 않아 나는 같은 홈쇼핑에서 선보인 또 다른 티셔츠 6종을 또 주문하고야 말았다. 지난번 것보다 기장이 길고 조금 더 넉넉해 보이는 스타일이었다. 하나 걸리는 점이 있다면 가슴팍의 화려한 문양이었다. 하지만 여름이니까 이 정도 문양쯤이야 별로 튀지 않으리라 스스로 자위하면서 수화기를 들었다.

결과는 2연패. 전보다 훨씬 참담했다. 옷과 사람이 따로 논다는 건 바로 이런 경우를 두고 한 말이었다. 누가 보는 것도 아닌데 얼굴이 다 화끈거렸다. 두 벌을 간신히 입어 보자마자 난 깨끗이 실패를 인정했다. 집에서 입기에도 편치 않은 옷이 있다니! 옷은 상자째 안방 구석으로 밀려났다.

실패는 계속되었다. 얼마 후 명백히 중년 여성을 겨냥한 비로드 질감의 긴팔 티셔츠를 구입할 때만큼은 '설마 이번에도'라는 심정이었다. 그러나 '역시나'였다. 뭔가 럭셔리한 느낌을 주려고 애쓴 건 알겠는데 정작 정장에 받쳐 입으니 이 또한 '아니올시다'였다. 네 벌에 거의 10만 원 돈이니 싼 것도 아니었다.

이제 포기할 때도 되었으련만 홈쇼핑 탐구 생활은 쉽게 중단되지 않았다. 품목을 바꾸어 시도해 보기로 했다.

마침 매주 산행을 하기로 했을 때라 등산복 세트를 주문했으나 이번에는 계절에 착오가 있었다. 주문한 상품은 가을용이었는데 주문한 바로 이튿날부터 갑자기 기온이 급강하했기 때문이다. 그러자 홈쇼핑에서도 재빨리 겨울 등산복을 팔기 시작했다. 실패에 연연하지 않고 나도 재빨리 겨울 등산복을 주문했다. 유명 등산용품 매장에서 본 가격에 비하면 거저나 다름없는 가격으로.

겉으로만 보면 왜 가격 차이가 나는지 도저히 알 수 없었다. 하지만 올 들어 가장 추웠던 날 나는 싼 게 비지떡이라는 말을 몸으로 입증했다. 산을 내려와 점심을 먹으려고 점퍼를 벗는데 안감에 물이 축축하게 배어 있는 게 아닌가. 나는 깜짝 놀랐다. 말만 기능성이지 그 기능이 어느 정도인지 쇼호스트는 말한 적이 없었던 것이다.

실패는 성공의 어머니라고? 실패를 거듭하면서도 나는 배움이 쌓이지 않았다. 나이 탓인지 건망증 탓인지, 그것도 모호하다. 이번에 산 핑크색 다운 점퍼는 과연 어떨지, 불안한 가운데서도 흥미진진하다.

...

뽀글 파마

나는 한 달에 한 번씩 꼬박꼬박 미용실에 간다. 머리를 깎으러 간다. 머리를 '손질하러'가 아니라 '깎으러'라고 말하는 것은 말 그대로 쇼트커트를 하러(짧게 깎으러) 가기 때문이다. 10년 전부터 내 머리 스타일은 대학교에 갓 입학했을 때와 똑같은 모양으로 되돌아갔다.

그 이전 10년, 왕성하게 활동하던 시기에는 긴 생머리를 고무줄로 질끈 동여매고 다녔다. 중국에 1년 동안 머물렀을 때부터 미장원에 가지 않고 그냥 내버려 둔 스타일이었다. 중년 아줌마의 헤어스타일로는 굉장히 이색적이라는 걸 당시에는 잘 몰랐었다. 화장기도 없는 데다 옷차림도 촌스러운 아줌마가 그 머리를 하고 TV에 나가 떠들고 전국 각지에 강의를 하러 돌아다녔으니 얼마나 눈에 띄었으랴. 그런 줄도 모르고 난 내가 너무나 빠른 시간에 유명해진 게 내가 남보다 똑똑한 데다 말을 잘해서 그런 줄 알았었다. 아무튼 착각에는 상한선이 없나 보다.

아이들이나 친구들은 내 머리 스타일에 대해서 끊임없이 잔소리를 해 댔다. 늙은 여자가 그러고 다니니 너무 추레하고 심지어는 마귀할멈 같다고까지 흉을 봤다. 나이보다 10년은 더 들어 보인다는 말은 보통이었다. 그저 아무 말 않는 사람은 단 한 명, 남편뿐이었다. 남편은 워낙 내 머리 스타일 따위에는 관심도 없는 사람이었다. 삭발을 하고 다녀도 뭐라고 하지 않을 사람이었다. 가끔 내 머리 스타일이 어떠냐고 물어보면 40년을 한결같이 "괜찮은데 뭐"라는 대답이 돌아왔다.

온갖 흉을 잡히면서도 꿋꿋하게 10년을 버티던 내가 어느 날 갑자기 머리를 싹둑 자른 것은 갱년기 우울증 때문도 아니요, 남이 흉보는 것에 지쳐서도 아니요, 순전히 내 팔 때문이었다. 어느 날 아침, 머리를 뒤로 빗어 넘겨 왼손으로 잡은 후 고무줄로 묶어야 하는데 오른쪽 팔이 올라가지 않는 거였다. 도대체 팔에서 뒤통수까지 몇 센티나 된다고 아무리 애를 써도 손이 닿지 않았다. 말로만 듣던 오십견이 온 것이다. 내 머리도 내가 마음대로 못 묶는다는 사실에 맥이 빠져 며칠이나 서글퍼하다가 나는 동네 미용실로 달려갔다. 묶을 수 없으면 묶지 않아도 되는 방법을 찾으면 되지 뭐.

다행히 난 옛날부터 쇼트커트가 어울린다고 했다. 뒤통수가 톡 튀어나온 데다가 머리에 곱슬기가 있어서 손질을 안 해도 납작하게 가라앉지 않는단다. 머리를 감고 수건으로 훌훌 털기만 해도 제법 볼륨감이 살아난다. 하긴 납작하게 가라앉는다 해도 나같이 게으른 사람이 손질을 할 리야 없지만 아무튼 다행이다. 곱슬머리의 DNA를 물려주신 아버지가 새삼 고마웠다. 나한테서 그 DNA를 물려받은 세 아이는 불만이 많지만. 요즘은 남자나 여자나 찰랑찰랑 미끄러지는 머릿결을 좋아하니까.

긴 머리나 쇼트커트나 별도의 손질이 필요 없다는 점

에서는 똑같지만 결정적인 차이가 있다. 긴 머리는 몇십 년이 흘러도 미용실에 안 가도 되지만 쇼트커트는 그럴 수 없다는 점이다. 정확하게 4주만 지나면 지저분하게 자라 나 반드시 잘라 주어야 한다. 남의 눈에는 그런대로 괜찮 아 보인다는데도 내 눈에는 도저히 참을 수 없을 만큼 추 레해 보이기 때문이다. 어쩌다 4주를 넘기면 기분까지 가 라앉는다.

그리하여 지난 10년 동안 나는 1년에 열두 번씩 미용 실을 드나들었다. 10년 동안 한 번도 안 갔던 미용실을 한 달마다 간다는 일이 처음엔 그렇게 부담스러울 수 없었다. 첫해엔 차라리 다시 머리를 기를까 여러 번 궁리했다. 하 지만 한번 짧게 깎은 머리는 다시 돌아갈 수 없었다. 결국 새 체제에 적응하는 것만이 살길이었다. 어느 날 화장실 거울에 비친 얼굴이 유난히 피곤해 보이고 그 이유가 순전 히 머리 때문이라는 데 추리가 도달하면 어느새 또 한 달 이 흘러 버린 것이다.

그나마 미용실 출입에 금방 적응하게 된 건 미용실이 바로 1분 거리에 있다는 지리적 조건 덕분이었다. 미용실은 우리 집에서 빤히 마주 보이는 3층짜리 상가 건물 2층에 있었다. 지금 손님이 있는지 없는지 금방 알 수 있을 정도로, 4층인 우리 집과 미용실 높이가 같았다. 미용사 혼자왔다 갔다 하는 모습을 확인하면 쏜살같이 뛰어가서 금방머리를 깎을 수 있었다. 20분 정도만 들이면 만사 오케이였다.

게다가 미용실 주인은 오래전 내가 미용실에 대해 갖고 있던 고정관념을 단박에 깨뜨려 줄 만큼 점잖은 여성이었다. 나이도 젊은 사람이 말이 없고 인상도 밝고 푸근한데다 솜씨까지 좋았다. 이름난 미용실에 비하면 값도 아주 싼 편이었다(얼마 전 둘째가 결혼할 때 청담동에 따라가서 머리를 깎고 손질을 했는데 커트 비용이 어마어마해서 깜짝 놀랐었다). 10년 단골이 될 수밖에 없는 모든 조건을 갖춘 셈이다.

10년 동안 한결같이 같은 거울 앞, 같은 의자에 앉아 머리를 깎으면서 나는 내가 달마다 늙어 가는 모습을 목격했다. 눈꺼풀은 달마다 조금씩 처지고, 주름은 달마다 조금씩 깊어지고, 머리는 달마다 조금씩 희어져 갔다. 10년 전에는 새치처럼 보이던 머리가 그동안 반백을 훌쩍 넘어섰다.

해마다 마지막 달 미용실 거울 앞에 앉으면 마음이 복잡해진다. 1년이 이렇게 빨리 흘러가도 되나 하는 초조감, 그리고 내가 과연 언제까지 여기로 머리를 깎으러 걸어 나올 수 있을까 하는 막연한 궁금증 때문이다. 지금 같은 상태에서 조금씩만 늙어 간다면 길게 잡아 앞으로 10년은 내 발로 걸어올 수 있을 것 같기도 한데 그다음은 어떻게 될까, 그림이 잘 안 그려진다.

가끔씩 미용실에서 나보다 훨씬 나이든 여성들을 마주칠 때가 있다. 그들은 커트와 파마로 오전 또는 오후 내내 미용실에서 시간을 보낸다. 어떤 여성들은 내가 20분 만에 후딱 머리를 깎고 나가는 걸 보고 부러워하기도 한다. 돈도 절약되고 시간도 절약되니 얼마나 편하냐는 것이다. 나이들면 머리카락이 가늘어지고 힘도 빠지기 때문에 그냥 커트만 하고 지낼 수가 없다고 한다. 만약 그렇게 놔두면 요양소에 들어간 할머니같이 보일 거라는 것이다. 그래서 귀찮아도 정기적으로 파마를 하고 또 일주일 후에는 염색을 해야 한단다. 대단하게 치장하는 건 아니지만 요즘 여성들은 일흔, 여든을 넘기고서도 예뻐 보이고 싶어 하고 젊어 보이고 싶어 한다는 걸 미용실에 갈 때마다 새삼 확인하곤 한다.

솔직히 몇 년 전까지만 해도 나는 나이든 여성들이 외모에 신경 쓰는 모습이 썩 좋아 보이지 않았었다. 어차피 늙으면 삶의 흔적이 얼굴에 고스란히 묻어나기 마련인데 치장을 해 봤자 뭐 그리 달라지랴 하는 심정에서였다. 그보다는 아무 손질도 하지 않은 맨얼굴에서 가감 없이 드러나는 경륜이 보고 싶었다. 내가 박경리 선생을 경모한 까닭은 그분의 문학과 더불어 그분의 얼굴(요즘 말로 쌩얼)에서 풍기는 자연 그대로의 아름다움에 압도당했기 때문이다.

그래서 나는 TV에 비치는 나이든 농촌 여성들의 똑같은 뽀글 머리, 똑같은 눈썹 문신을 볼 때마다 저러고 싶을까 하고 속으로 비웃었다. 아무리 고달프게 늙어 가도 예쁘게 보이고 싶은 마음을 이해하지 못했다.

하지만 이런 마음은 결국 자신도 나이들어 간다는 사실을 잠깐 잊은 채 자기보다 조금이라도 나이든 사람과 자신을 분리하고 싶어 하는 연령차별주의에서 나온 하나의 증상일 뿐이었다.

엊그제 우연히 돌린 TV 화면에 올해로 백한 살이 됐다는 한 나이든 여성의 일상이 나왔다. 항상 웃는 얼굴로 맛있게 먹고 하루하루를 재미있게 보내는 그 여성이 어느 날 찾아간 곳은 동네 미용실이었다.

뽀글 파마를 끝내고 샴푸를 한 후 머리를 매만진 그 여성의 표정이 얼마나 아름답던지. 다음 달에는 나도 그렇게 파마를 해 볼까. 뽀글뽀글하게. 예쁘게.

...

할머니로 사는 재미

예전 같으면 내 나이엔 다 할머니가 되고도 남는다. 하지만 세상 참 달라졌다. 가까이 지내는 또래 가운데 손주를 본 경우는 아주 드물다. 손주는커녕 몇 안 되는 자식인데 모두 결혼시킨 친구도 거의 없다.

이런 말을 들으면 우리 막내며느리는 "어머니 친구분들은 대부분 사회생활을 하셔서 그런가 봐요, 우리 친정엄마 친구분들은 안 그렇거든요"라며 의아하다는 표정을 짓는다. 친정엄마도 평생 일하시긴 했지만 그 친구들은 대부분 전업주부라고 한다. 하지만 전업주부인 내 친구들도 상황은 비슷하다. 자식 둘 중 하나는 어찌어찌 결혼을 했는데 나머지 하나는 마흔이 넘모렌데도 도대체 결혼할 생각을 안 한다고 걱정하는 친구가 여럿이다. 이른바 알파걸이라고 불리는 똑똑한 딸을 둔 엄마들은 아무리 눈 씻고 찾아봐도 딸에게 걸맞은 남자를 찾을 수 없다고 한숨이다.

아들은 나이가 들어도 능력만 있으면 얼마든지 젊은 며느리를 맞아 아이를 낳을 수 있지만 딸은 가임기가 정해져 있으니 걱정이 태산이다. 이렇게 될 줄 알았으면 '엄마처럼 살지 말라'며 딸을 적극 밀어 주지 말걸, 그렇게 때늦은 후회를 하기도 한다.

그런가 하면 아들딸 둘 다 결혼한 지 꽤 됐는데 아직 아이를 못 낳아 신경이 쓰인다는 친구들도 있다. 미묘한 점은, 이런 경우에도 아들보다 딸이 아이를 못 낳는 게 더 걱정스럽다는 엄마가 훨씬 많다는 사실이다.

아무튼 내 주위만 둘러봐도 우리나라 출산율이 왜 그렇게 낮게 나오는지 절로 이해가 된다. 아예 결혼 자체를 미루거나 알 수 없는 원인으로 아이를 낳고 싶어도 못 낳는 젊은이가 쎄고 쎘는데 셋째를 낳으면 몇백만 원을 준다는 유인책이 무슨 효력이 있겠는가.

뭐, 여기서 출산율 제고를 위한 나름의 제언을 하려는 뜻은 전혀 없다. 다만 다행히도 난 어느새 다섯 아이의 할머니가 되어 있다는 사실을 은근히 자랑하는 한편, 그런데도 할머니 노릇을 어떻게 해야 하는지에 대해서 아무런 감이 없다는 사실을 고백하려는 것이다.

부모님 단 두 분만 남한으로 내려오셨기에 난 할머니를 못 보고 자랐다. 친할머니도 외할머니도 한 번도 본 적이 없다. 그러니 할머니와 손주의 관계라는 것이 실제로 어떤 내용인지 잘 모른다. 그저 짐작만 할 뿐이다. 어렸을 때 간혹 할머니와 함께 사는 친구들을 만난 적은 있지만 그들로부터 할머니에 대한 이야기를 들은 기억은 거의 없다. 한창 자라날 때 우리는 항상 엄마에 대한 이야기만으로도 시간이 모자랐다.

내 할머니는 아니지만 남의 할머니들이라도 많이 보게 된 건 첫아이를 낳을 무렵 이사 간 작은 아파트 단지에서였다. 그 아파트는 3층짜리 두 동으로 이루어졌는데 마당에 김장독을 묻을 만큼 분위기는 덜 현대적이었다. 고작

열두 평짜리 좁은 집이었음에도 몇 집 걸러 한 집씩 할머니가 함께 살았다.

할머니들은 대부분 추레했다. 희끗한 쪽 찐 머리에 약간 굽은 몸으로 늘 손주를 업고 마당을 거닐었다. 다른 집 아이가 자기 손자를 울리면 득달같이 달려와 그 애에게 큰 소리로 야단을 쳤다. 난 할머니의 '내 새끼 정신'에 몸서리를 쳤다. 저쯤 나이를 먹으면 다른 집 자식 귀한 것도 알아야 하는 거 아냐? 할머니가 되면 다 저렇게 되나?

나와 달리 내 아이들은 운이 좋았다. 양쪽 할머니를 두루 갖추었다. 기품 있는 친할머니와 활기찬 외할머니 두 분을. 아이들은 친할머니는 좀 어려워하고 외할머니는 친근하게 여기는 것 같았다. 하지만 할머니들에 대한 아이들의 기억이 어떻게 남아 있는지 정확하게는 알지 못한다. 다만 두 할머니가 다 돌아가신 후 간간이 흘러나오는 말 중에는, 친할머니의 인자한 미소와 외할머니의 투박했던 음식에 대한 것들이 섞여 있다.

내가 기억하는 아이들의 친할머니는 좀 냉정한 이미지인 데 반해 아이들은 인자한 미소로 기억한다는 점에서 약간 놀랍기도 하다. 솔직히 나는 시어머니가 손자들에게 너무 차갑게 대하는 게 늘 불만이었다. 아이들이 놀다가 더러워진 손을 씻지 않은 채 할머니한테 달려들 때마다 시어머니는 몸을 피하며 아이들을 욕탕으로 들여보내곤 했다. 그래서 으레 아이들도 할머니한테 친근감을 못 느낄 거라고 짐작했다. 아마 시어머니와 할머니 사이에는 엄청난 거리가 있는 모양이다. 외할머니도 마찬가지다. 그들은 외할머니야말로 늘 명랑하고 맛있는 음식, 특히 손바닥만 한 왕만두와 가자미식해를 기차게 만들어 주던 다정한 사람이었다고 기억한다. 그런데 그 딸은 왜 친정엄마 앞에서는 늘 앙앙불락하는 표정이었는지 이해할 수 없었다고 나를 비판하기도 한다.

어떤 엄마가 될지 생각도 못한 사이에 세 아이의 엄마가 됐던 것처럼, 어떤 할머니가 될지 생각도 못한 사이에 손주는 다섯으로 불어났다. 첫째가 결혼하고도 한참 동안 아이를 안 낳았을 때는 막연히 내가 할머니가 못 될 수도 있을지 모른다고 생각했다. 그렇다고 아이들한테 압력을 준다는 생각은 감히 해 본 적이 없다. 아이를 낳고 안 낳고는 자기들 소관이니까. 그러던 어느 날 문득 첫 손자가 태어난 지 5년도 안 돼 다섯 손주의 할머니가 되었으니 정말 사람 팔자 시간문제다.

아직 손주가 없는 친구들은 묻는다. 제 아이보다 손주가 훨씬 예쁘다는데, 손주를 안으면 뼈가 녹는 것 같다는데, 정말 그러냐고. 그러면서 자기 아이는 키우는 데 급급해서 힘만 들고 예쁜 줄 몰랐지만, 손주는 모든 면에서 여유가 있으니 그저 예뻐하기만 하면 되니까 당연할 거라고 덧붙인다.

글쎄, 난 잘 모르겠다. 손주들이 예쁜 건 사실인데 그렇다고 자식들 키울 때보다 더 예쁘다고 말하기는 좀 그렇다. 다만 손주들이 예쁜 짓을 할 때마다 그 위에 자식들이 겹쳐져 마음이 벅차오른다는 사실만은 부인하기 어렵다. 아니, 꼭 예쁜 짓을 해서만이 아니다. 악을 쓰고 울 때나 생떼를 쓸 때도 안쓰럽거나 화가 나는 대신 아이 아빠의 어릴 적 모습이 떠올라 웃음이 터진다. 손주가 자라는 모습을 보면서 젊은 날의 나를 뒤돌아보는 묘미를 흠씬 느낀다고 할까.

손주와 자식에 대한 마음의 차이라면 자식보다는 손주의 미래에 대해서 훨씬 너그러워진다는 점일 것 같다. 자식을 키울 때는 내 아이가 어떤 사람이 될까에 대한 막연한 두려움, 그리고 남의 아이에게 뒤처지면 어떻게 하나 하는 조바심이 늘 따라다녔다. 또 내가 혹시 아이를 잘못 키우고 있는 게 아닐까 불안하기도 했다. 하지만 그런 면에서 손주는 아주 다르다. 말 그대로 개구쟁이라도 좋으니 튼튼하게만 자란다면 그것으로 충분하다. 뛰어난 사람이 되면 물론 더 좋겠지만 평범하더라도 그냥 행복하게 살았으면 좋겠다.

물론 이런 마음의 차이가 자식과 손주라는 관계의 차이에서 오는 건지, 아니면 나이에서 오는 생각의 차이인지는 불분명하다. 아마 둘 다 섞였겠지. 손주는 어차피 그 부모가 키우는 거니까 내가 공연히 끼어들어 이래라저래라 할 필요가 없다. 난 그냥 있는 그대로만 예뻐하면 된다. 게다가 지금까지 살아 보니까 인생에서 중요한 건 이른바 성공이 아니라 스스로 행복을 느낄 줄 아는 능력이다. 그러니 눈만 마주치면 웃어 주는 걸로 할머니 역할은 다하는 거다.

엄마 노릇에 그랬듯 할머니 노릇에도 영 서툴기만 한 나지만 할머니가 아니었으면 느끼지 못했을 재미는 혼자 톡톡히 누리는 요즘이다.

내가 아이들을 키울 때는 인간은 왜 다른 동물들보다 이렇게 더디 자랄까 좀 답답했었는데 손주들을 보면서 생각이 영 달라진다. 바로 엊그제 낳은 것 같은 아이들이 금방 뒤집고 기어 다니더니 어느새 뛰어다닌다. 백일인가 싶더니 이내 돌잔치를 하고, '엄마, 아빠'밖에 못하던 아이가 어느 날부터 제 의견을 마구 쏟아 낸다.

심지어는 할머니의 정체도 샅샅이 파악, 세 돌도 안 지난 아이가 어느 날 할머니 집 안을 둘러보면서 직격탄을 날린다.

"할머니, 할머니 집에는 왜 이렇게 지지가 많아요?"

와, 할머니가 되는 재미는 바로 이런 것이다.

2장

나이들어서도
포기할 수 없는 취향

...

난 죽을 때까지
영화를 쫓아다니고 싶다

2시가 가까워 온다. 그런데도 회의는 끝날 기미가 보이지 않는다. 위원회가 새로 구성된 후 첫 모임이라 유난히 많은 위원이 참석해서 소개 시간이 길어진 탓이었다. 젊은 피가 새로 투입되어 회의 분위기가 한결 활기찼다. 게다가 20년 만에 대학원 후배를 만났으니 회의 끝나고 따로 차라도 한잔 나누고 싶었다. 하지만 2시가 되면 땡 하고 떠나야 한다.

중요한 약속이 있느냐고? 글쎄, 대답은 '노'면서도 '예스'다. 2시 45분 이전에 강남역에 도착해야 한다. 친구와 만날 약속이 있느냐고? 그건 아니다. 다른 사람과의 약속이 아니라 오늘 아침 회의에 참석하기 전 나하고 한 약속이다. 나이에 어울리지 않게 젊은이들만 모인다는 강남역에는 왜 가느냐고? 거기 있는 극장에서 영화를 봐야 한다. 김명민이 나오는 〈내 사랑 내 곁에〉를.

개봉한 지 며칠 안 된 영화니까 앞으로도 한참 동안은 계속 상영할 텐데 굳이 왜 오늘, 그것도 그 시간에 봐야 하느냐고? 몰라서 하는 말이다. 만약 오늘 그 시간에 안 보면 이 영화를 극장에서 보는 건 포기해야 할 확률이 높기 때문이다. 살다 보니 점점 감이 중요해진다. 내 감에 따르면 오늘이 가장 좋은 기회다. 다년간 겪어 본 끝에 터득한 이치다. 영화 개봉도 타이밍이 중요하지만 영화 관람도 타이밍이 중요하다. 백만 가지 핑계 때문에 극장에서 볼 기회를 놓치면 나중에 케이블 TV에서나 만나야 한다. 그렇게 되면 대부분의 경우 재미가 100분의 1로 확 줄어든다.

2시. 난 자료 뭉치를 들고 조용히 일어난다. 눈이 동그래진 팀장에게 "먼저 갈게요"라고 입술로 말한다. 내 표정이 워낙 진지해서인지 팀장은 묻지도 않고 따지지도 않는다. 문을 열고 나오려니 뒤통수가 약간 따갑다. 그깟 영화를 보려고 회의 중간에 자리를 뜨다니, 5년 전만 해도 꿈도 못 꿀 짓이다. 일생 동안 나를 가둔 모범생의 틀에서 벗어날 수 있는 것도 나이가 주는 특혜다.

오늘따라 버스 배차 간격이 길다. 바쁘면 항상 그렇다. 그 많던 강남역행 버스가 다 어디서 멈춰 섰단 말인가. 겨우 시간에 맞추어 영화표를 끊었다. 어라? 아무리 한낮이지만 관객이 너무 적다. 스무 명도 안 된다. 영화 출연 결정 후 무섭게 살을 뺐다는 김명민한테 공연히 미안해진다. 하지만 영화가 진행되는 동안 왜 관객이 적은지 이해가 된다. 이렇게 재미없게 만들었으니 그렇지. 요즘 관객들이 얼마나 영악한데. 하지만 난 영화의 재미와 상관없이 내가 좋아하는 김명민, 그리고 맡은 역을 완벽히 소화해 낸 하지원의 열연에 빠져든다. 요즘 배우들, 정말 잘한다.

아직도 햇살이 따가운 늦은 시각, 인파를 헤치며 걸어서 집에 오는 길에 영화를 음미해 본다. 아무래도 아쉽다. 감독이 너무 쿨하게 만들려고 하다가 뭔가를 놓친 것 같다. 그리고 음악은 왜 또 그렇게 겉도는 거야. 하지만 이렇게 온갖 트집을 잡으면서도 마음은 흡족하다. 영화를 안 봤으면 이런 트집도 잡을 수 없을 거라 생각하니 중간에 회의장을 박차고 나온 게 덜 미안해진다. 무언가 중요한 일을 마무리한 기분이다.

친구들은 의아해한다. 아무리 영화를 좋아해도 그렇지, 이 나이에 무슨 재미로 영화를 혼자 보느냐, 젊은 애들 보기에 뻘쭘하지도 않으냐. 나도 한때는 그랬다. 영화는 절대로 혼자 보는 게 아니며 또 혼자 볼 수도 없다고. 하지만 나이가 들면서 저절로 생각이 바뀌었다. 영화를 함께 볼 사람을 구하다 영화를 놓치는 일이 잦아지면서. 사실 누군가와 영화를 함께 보는 일은 생각보다 쉽지 않다. 물론 영화를 월중행사나 계절행사로 보는 사람이라면 다르지만 나처럼 수시로 닥치는 대로 영화를 보고 싶어 하는 나이든 여자에겐 특히 그렇다.

남편과는 취향이 영 다르다. 남편은 젊었을 때부터 시종일관 이른바 예술영화만 좋아하는 편이다. 블록버스터는 딱 질색이다. 〈미녀 삼총사〉나 〈해리 포터〉처럼 시끄러운 영화를 보면서도 코를 곤다.

친구들과는 시간을 맞추기가 어렵다. 전업주부나 취업 주부나 다들 스케줄이 꽉 짜여 있다. 나처럼 마음대로 시간을 조절할 수 있는 반백수가 거의 없다. 그러니 보고 싶은 영화를 놓치지 않으려면 혼자 갈 수밖에.

나는 어렸을 때부터 어지간히 영화를 좋아했다. 유년 시절을 보낸 시골에는 가끔 활동사진 차가 왔다. 나무와 나무 사이에 큰 광목천을 걸고 영사기를 쏘아 댔다. 제목도 내용도 기억나지 않지만 흔들리는 스크린에서 눈을 떼지 못했다.

서울 올라와서는 영화를 좋아하는 엄마를 따라 동네 극장에 수시로 출입했다. 엄마는 장을 보러 가는 길에 자주 극장에 들렀다. 최무룡, 신영균 나오는 영화는 무조건 다 봤다. 사람이 많아 대부분 서서 봐야 했는데 어린 나이에도 다리 아픈 줄 몰랐다.

내가 중·고등학교에 다닐 때는 학교에서 극장 출입을 엄격히 단속했다. 중3 때 겨울, 사복을 입고 엄마와 명동극장에 〈육체의 악마〉를 보러 갔다가 이른바 청소년 훈육 감시팀에 딱 걸린 적이 있었다. 학교에 보고하면 정학감이라고 겁을 줬다. 속으로 와들와들 떨렸지만 불행 중 다행으로 그 선생님은 나를 고3이라고 지레짐작하는 것 같았다. 그때만 해도 난 또래에 비해 키가 크고 조숙해 보였기 때문이다.

대학에 들어가서 가장 좋은 점은 극장을 마음대로 출입할 수 있다는 것이었다. 그때부터 첫아이를 낳기 직전까지 난 영화를 마구마구 보았다. 특히 외국 영화는 대한민국에서 상영되는 거의 모든 작품을 섭렵했다. 외화 수입이 워낙 적은 시절이었기 때문에 새 영화를 보려면 개봉 날짜를 손꼽아 기다려야 했다.

날짜도 잊히지 않는다. 1971년 12월 5일, 내가 다니던 동아일보사의 맞은편에 자리 잡았던 국제극장에서 〈러브 스토리〉를 본 것이 젊은 날 극장 출입의 마지막이었다. 〈러브 스토리〉가 국내에서 개봉된 그날은 바로 내 생일이었으며 난 첫 출산을 한 달 앞둔 만삭의 임신부였다.

호르몬의 작용 때문이었을까. 영화를 보면서 그날처럼 많은 눈물을 흘린 날은 내 생애에 처음이자 마지막이었다. 행복의 문턱에서 백혈병으로 죽어야 하는 여자 주인공에게 난 완전히 감정이입이 되어 버렸다. 극장 문을 나와서도 거의 곡소리를 내며 우는 나를 보고 남편은 난감해하다 못해 화를 버럭 냈다. "아니, 내가 뭘 잘못했다는 건데?"

아이들을 키우던 10년 동안 나는 단 한 번도 영화관에 가지 못했다. 지금처럼 큰 영화관이 곳곳에 있었다면 상황이 달라졌을 테지만 80년대 초만 해도 가정주부의 극장 나들이는 꿈에서나 가능했다. 영화에 대한 욕구는 그저 TV 주말극장을 빼놓지 않고 시청하는 것으로 달래야 했다. 내가 자유롭게 극장 출입을 재개한 것은 90년대 들어서였지만 영화에 대한 열의는 젊은 날과 비교할 수 없이 줄어들었다.

간간이 극장을 찾던 내가 다시 영화에 불붙게 된 계기는 좀 엉뚱하게 시작되었다. 강의와 글쓰기에 쫓기면서 팍팍한 일상에 슬슬 짜증이 날 때쯤 우연한 기회가 찾아왔다. 국내에서 상영될 모든 영화에 등급을 매기는 일을 맡은 것이다. 일주일에 두 번씩 하루에 두세 편의 영화를 보는 일은 생각보다 힘들었다. 환경도 열악해서 여름엔 음습했고 겨울엔 썰렁했다. 어디선가 배달되어 오는 짜장면은 항상 붙어 있었다. 아무튼 한마디로 나이든 사람들이 건강을 해치기에 딱 좋은 환경이었다.

하지만 모든 영화를 다 보다 보니까 영화를 보는 안목도 상당히 높아져 가는 걸 느낄 수 있었다. 무엇보다 함께 영화를 보던 분들 가운데 소설가 홍성유 선생을 만난 건 뜻밖의 소득이었다. 기구가 개편되면서 나의 영화 보기는 1년 반으로 끝났지만 그 기간은 나의 스러졌던 영화 사랑에 다시 불을 붙이기엔 충분했다.

그 불은 바람에 따라 마음대로 번져 나가더니 기어코 서울가족영상축제의 이사장이란 생뚱맞은 감투까지 쓰게 만들었다. 그리고 난 지금 삭신이 쑤신다. 가족영화제가 열렸던 지난 일주일 동안 하루에 두세 편씩 영화를 본 후유증이다. 친구 말대로 영화 보는 일에도 상당한 에너지가 쓰인다. 친구는 "아이고, 연세를 생각하세요"라며 너무 무리하지 말라고 충고한다. 난 대답한다. "난 연세를 생각 안 하는데 연세가 날 생각하네."

몸은 고달프지만 내 가슴에는 아름다운 영화 한 편이 아직 살아 있다. 영화제의 폐막작으로 상영되었던 〈웰컴〉

이란 프랑스 영화다. 뼈대만 간추리면 불법체류자인 이라크 쿠르드족 소년(열일곱 살이니까 청년이라고 해야 하나?)이 런던에 있는 여자 친구를 찾아 도버해협을 헤엄쳐 건너다가 죽는 내용이다. 심각한 주제와 아름다운 화면이 신비하게 어우러져 가슴을 후벼 파는 영화다. 이럴 때 영화는 영화 이상이다.

아, 난 죽을 때까지 영화를 쫓아다니고 싶다.

...

내가 CSI에
열광하는 이유

일곱 편. 어느 일요일 오후 내가 본 드라마 숫자다. 이
쯤 되면 '드라마 폐인'이라 불릴 자격이 충분하다. "세 아들
중 하나가 드라마 PD라더니 그 여자, 엄마 노릇 한답시고
각 방송사 드라마마다 모니터하나 보군, 과연 맹모야"라고
넘겨짚지 마시라. 미안하지만 틀렸다.

막내가 방송사에 입사한 직후부터 그 애가 참여한 드
라마라면 일일 드라마건 미니 시리즈건 주말 드라마건 가
리지 않고 꼭꼭 챙겨 본 건 사실이지만, 솔직히 나는 아주
특별한 경우를 제외하고는 우리나라 드라마를 잘 보지 않

는다. 한때는 드라마에 푹 빠져 산 적도 분명 있었는데 언제부터 어쩌다가 드라마를 외면하게 됐는지 그 시기나 이유는 기억나지 않는다.

아무튼 몇몇 드라마에 대한 실망이 쌓이다 보니 그렇게 된 것만은 확실하다. 그렇다 보니 이른바 대박 드라마라고 소문난 드라마조차 별 흥미를 느끼지 못하는 경우가 대부분이다. 얼마 전 종영된 〈선덕여왕〉도 하도 난리들이기에 한 번 틀었다가 10분을 못 참고 끄고 말았다. 두 여배우가 마주 보며 서로의 정치관을 피력하는 장면으로 대사는 멋진 내용이 분명했건만, 난 웬일인지 두 여배우의 눈썹 연기에만 눈길이 가더니 결국에는 나도 모르게 피식 쓴웃음이 터져 버렸던 거다.

이런 불량 시청자가 하루에 드라마를 일곱 편씩이나 봤다. 마지막 편은 허리가 아파 소파에 누운 채로, 그리고 가뜩이나 시력이 떨어져 가는 양쪽 눈이 너무 뻑뻑해서 반쯤 감은 채로 겨우겨우 보는 듯 자는 듯 하다가, 드라마가 끝나자마자 안방으로 들어가 쓰러져 잤다. 꿈속에서도 수많은 인물과 사건들이 얽힌 새로운 드라마가 전개되는 가운데 나는 시종 쫓겨 다녔고, 일곱 시간이나 잤는데도 아침에 일어나니 마치 뜬눈으로 밤을 새운 기분이었다.

나는 이른바 미드(미국 드라마) 폐인, 그중에서도 CSI(과학수사대) 폐인이다. 미국 드라마 중에서도 오로지 수사 드라마만을 광적으로 좋아한다. 〈프렌즈〉나 〈섹스 앤 더 시티〉같이 미국 도시 젊은이들의 일상을 경쾌하게 그려 내서 인기가 있었던 시트콤들은 처음부터 별로 구미가 당기지 않았다. 더구나 〈위기의 주부들〉이라는 드라마에 이르면 구역질이 날 정도로 싫었다. 가장 큰 이유는 그 드라마 속 여성들이 과도하게 내뿜는 섹스 욕망이 거슬렸던 것 같다. 다시 말해 나와 코드가 맞지 않았다.

반면 미국 수사 드라마들은 아무리 시시한 작품이라도 거의 항상 단숨에 나를 몰입시킨다. 수사 드라마를 처음 접한 것은 몇 년 전인가, 어느 늦은 밤 한 공중파 TV를 통해서였다. 그렇게 아주 우연히 난 〈CSI: 과학수사대〉라는 새로운 스타일의 수사 드라마와 만났고 처음부터 주인공인 길 그리섬을 비롯한 인물들에게 빠져들었다.

그리고 얼마 지나지 않아 케이블 TV 몇 곳에서 앞다퉈 미국에서 만든 각종 수사 드라마를 내보내기 시작했다. 우리말 더빙을 하지 않는 케이블 TV에서 길 그리섬의 원래 목소리를 듣고 처음엔 얼마나 실망했던지! 길 그리섬 반장에 관한 한 우리 성우의 목소리가 백만 배는 더 매력 있었다.

나는 새로운 수사 드라마가 등장할 때마다 빠짐없이 챙겨 보았다. 케이블 TV는 제시간에 못 봐도 재방영을 많이 해 주는 덕에 다 볼 수 있었다. 수사 드라마는 날이 갈수록 새끼에 새끼를 쳤다. 처음 만났던 원조 CSI는 원래 라스베이거스가 무대였는데 이내 〈CSI 뉴욕〉, 〈CSI 마이애미〉로 무대를 넓혀 갔다. 세 드라마 모두 살인 사건을 해결해 나가는 수사팀의 활약이란 점에선 똑같지만, 멤버에 따라 자기만의 독특한 색깔을 보여 주었다. 마이애미의 호레이쇼 케인 반장은 처음 봤을 때는 폼을 무지 재서 영 몰입이 되지 않았지만 목소리만은 일품이었다. 뉴욕의 맥 테일러 반장은 인상이 비호감인 대신 생각이 깊은 수사관으로 가장 사실적인 인물로 보였다. 여성 인물들은 하나같이 자신의 일에 열정을 쏟는 멋진 여성상을 보여 주었다.

CSI 시리즈만 있는 게 아니었다. 시청률이 나날이 높아지는 뉴스와 함께 다양한 수사 드라마가 속속 선을 보이기 시작했다. 성범죄만을 다루는 〈성범죄 특별수사대〉, 실종 사건만을 다루는 〈FBI 실종수사대〉, 심리수사에 탁월한 형사가 주인공인 〈크리미널 인텐트〉, 해군 범죄수사대인 〈NCIS〉, 시체의 뼈에서 단서를 찾는 〈본즈〉, 천재 수학자와 수사관 형제의 활약상을 그린 〈넘버스〉 등등. 내가 거의 빠짐없이 챙겨 보는 드라마들만 꼽아도 이 정도다.

몇 안 되는 공중파 채널을 돌리며 주말인데 왜 이렇게 볼 게 없느냐고 불평하던 것은 과거지사. 주중이건 주말이건 케이블 채널을 돌리다 보면 어디서건 반드시 수사 드라마 한 편은 볼 수 있게 되었다.

남편은 처음엔 수사 드라마를 좋아하지 않았다. 살인 장면이나 부검 장면 등이 너무 잔인해서 혐오감이 든다는 이유에서였다. 그리고 억지 춘향 식으로 꿰맞춘 스토리가 많아 현실감도 들지 않는다고 했다. 남편은 젊었을 때부터 시종일관 야구나 농구 중계만 좋아했다.

하지만 여기에도 부창부수란 말이 맞는지 모르겠지만

마누라가 주야장천 수사 드라마에 빠져 살다 보니 좁은 아파트에서 철저히 외면할 수 없었던지 언제부터인가 슬그머니 함께 보기 시작했다. 맥 테일러는 왜 그렇게 심각하기만 하냐, 호레이쇼는 너무 폼을 잰다, 여자 수사관들은 왜 모두 가슴이 훤히 들여다보이는 차림이냐 등등 잔소리를 양념처럼 해 가면서.

두 해 전인가 아직 완전히 귀국하지 않았던 큰애가 잠시 다니러 왔을 때, 수사 드라마에서 눈을 떼지 못하는 나이 든 부모를 보고 깜짝 놀라는 눈치였다. 미국에 살면서도 이야기만 들었지, 한 번도 보지 못했던 미국 드라마를 한국에 사는 부모가 주르르 꿰고 있다니. 큰애는 수사 드라마의 종류가 그렇게 많다는 데 한 번 놀랐고, 그 끔찍한 장면을 눈 하나 깜짝 안 하고 보는 엄마의 강심장에 두 번 놀랐다.

드라마를 만드는 막내는 워낙 제멋대로인 엄마의 취향으로 인정하고 아무 말도 안 하는데, 둘째는 그 취향에 대해서 그냥 지나치지 않았다. 살인, 시체, 수사를 좋아하는 심리엔 무언가 정신적인 문제가 숨어 있다는 것이다. 심지어는 정신분석을 받아 볼 필요도 있단다.

난 평소처럼 웃음으로 얼버무렸지만 솔직히 나 역시 스스로 변태가 아닌지 약간의 의문이 들긴 했다. 그러고 보니 내 친구들은 그런 드라마가 있는지조차 모르고 지내 지 않는가. 다행히 그로부터 얼마 후 일단의 젊은 정신의 학자들을 만나 세미나를 하고 저녁을 함께 먹는 기회가 있 었다. 그들은 딱 내 아들뻘이었다.

마침 내 옆자리에는 영화를 좋아하고 글도 잘 쓰는 재 기발랄한 정신과 의사가 앉았다. 내가 피 칠갑한 시체들이 등장하는 수사 드라마를 무지하게 좋아하는데 혹시 정신 과적 문제가 있는 거냐고 단도직입적으로 물었다. 그러자 그는 자신도 수사 드라마를 굉장히 좋아한다면서 아무 문 제도 없다고 대답했다. 나는 재차 당신이야 젊은 남자니까 괜찮겠지만 나처럼 늙은 여자가 그렇다면 혹시 변태가 아 니냐고 물었고, 그는 유쾌한 웃음과 함께 "선생님은 정상 이십니다"라고 말했다. 이 말을 둘째에게 전하면 분명 정 신과 의사치고 정상인 사람은 없다며 나의 정상 진단을 인 정하지 않을 테지만, 나는 크게 안도했다.

나는 왜 수사 드라마에 열광할까. 그 이유를 따져 보면 수십 가지가 넘겠지만 크게 나누면 네 가지쯤으로 모아질 것 같다.

일단 아주 작은 단서로 범인을 추적하는 과정이 그때그때 짜릿한 재미를 준다. 현장에 떨어진 작은 깃털 하나, 혹은 시체에 달라붙은 구더기 한 마리를 가지고 과학기술의 도움을 받아 범인을 밝혀낸다.

게다가 등장인물 하나하나가 모두 강한 개성을 발휘하면서 자신의 일에 열중하고 또 팀장에 대해 절대적인 신뢰를 보내는 모습, 또 강한 카리스마의 소유자인 팀장이 팀원들을 믿고 보듬는 모습이 여간 믿음직한 게 아니다.

또 피해자에 대한 인간적인 애정을 느끼는 모습도 짠하다. 정말 저럴까 싶을 정도로 그들은 피해자의 아픔에 함께 아파하고, 알지도 못하는 피살자에게 연민을 느낀다.

그리고 무엇보다 그들이 지닌 정의에 대한 신념이 보기 좋다. 때로는 내부에서 발을 걸고 때로는 법이 골탕을 먹여도 그들은 오직 정의를 따라 묵묵히 걸어간다.

아, 그러고 보니 난 왕년에도 한국 수사 드라마의 왕 팬이었다. 〈수사반장〉이라는 제목의!

...

갈까 말까 망설이는 여행은
무조건 가라

드디어 허리가 무지근해 온다. 스멀스멀 짜증이 피어오르기 시작한다. 아무래도 무리야, 이번 여행은. 도대체 이 나이에 버스로 부산을 1박 2일에 다녀온다는 게 말이 돼? 내가 잘못 판단했지. 행선지도 그렇고 교통편도 그렇고 처음부터 맘에 안 들었잖아. 애초에 안 가기로 했으면서 왜 막판에 변심을 한 거야? 언제나 성실한 총무가 하도 간곡하게 요청해서? 풋, 여태도 남 탓이야, 바보 같으니라고.

앙앙불락하는데 어느새 휴게소다. 다행이다. 서울에 도착하면 너무 늦어서 밥을 먹기도 그렇고 안 먹기도 그러니까 이쯤에서 간단하게 요기를 하자고들 했다. 비는 여전히 주룩주룩. 이렇게 하루 종일 내리는 비는 참 오랜만이다. 이슬비도 폭우도 아닌 것이 그런대로 여행의 맛을 돋워 준다. 여학생(?) 여섯이 둘러앉은 가운데 난 김치우동 한 그릇을 깨끗이 비웠다. 별맛도 없는 따뜻한 국물이 순식간에 짜증을 가라앉혔다. 배가 부르니 아무 근심이 없다. 나도 모르는 새 심사가 느긋해진다.

아무튼 모든 여행은 즐겁다. 네팔이건 부산이건, 비행기건 버스건, 그리고 누구와 함께이건 여행은 즐겁다. 물론 그 누구가 어떤 사람인가에 따라서 조금씩 다르긴 하지만. 처음엔 썩 내키지 않았지만 결산을 해 보자면 이번 여행도 충분히 즐거웠다. 그래, 여행은 일단 저질러 놓고 보는 거야. '살까 말까 망설이는 물건이 있으면 사지 말아야 하고, 갈까 말까 망설이는 여행이 있으면 가야 한다'라는 말은 언제나 명언이다.

어제저녁 큰아들 내외에게서 전화가 왔다. 집에 전화를 해도 안 받으니 휴대폰으로 걸었나 보다. 어머니, 어디 계세요? 응, 부산. 부산은 왜요? 응, 놀러. KTX 타셨어요? 아니, 버스 탔어. 네? 아이들은 늙은 제 어미가 그 먼 길을 버스로 왔다 갔다 한다는 게 미련스레 보이는 모양이었다. 게다가 단과대학 동기모임에서 마련한 여행이라니 얼마나 피곤하고 재미없을까 지레 걱정하는 눈치였다. 하긴 아직 한참 어린 그 애들이 이런 여행의 맛을 알 리 없지. 비록 오래된 친구는 아니지만 오래된 추억의 한 자락을 공유하는 사람들과 함께하는 여행의 맛을. 여행은 공간만이 아니라 시간으로도 이루어진다는 것을.

처음 단과대학 동기생들이 모임을 만든다는 소식을 들었을 때는 시큰둥했다. 시큰둥한 정도가 아니라 코웃음까지 쳤다. 아니, 언제는 친했었나, 새삼스레 왜들 친한 척하고 난리야? 대부분은 과 동기들끼리도 안 모인다는데 거 65학번들 참으로 오버하네그려. 새로 모임 만들 생각 말고 이제까지 꾸려 온 모임들이나 잘 유지하라고 그래. 50대 중반이면 그렇게 늙은 나이도 아닌데, 주축이 누군지는 모르지만 할 일도 되게 없는 모양이네.

그도 그럴 것이 우리 단과대학 모임이라는 게 오죽 어

려운 과제냔 말이다. 요즘이야 인문대, 사회대, 자연대로 명확하게 나뉘었지만, 우리 다닐 때만 해도 문과와 이과 수십 개 학과를 합쳐 문리대라는 이름으로 몽땅 묶어 놓은 애매하기 짝이 없는 덩어리였다. 비록 한 캠퍼스에 다니긴 했지만 같은 어문계열이라도 말 한마디 나누기는커녕 얼굴도 모르고 성도 모르는 동기가 대부분일 수밖에 없었다. 이과 쪽으로 가면 과 이름도 낯설었다.

다른 단과대학도 안 그런 건 아니지만 당시 문리대는 유독 저 잘난 맛에 사는 사람들의 집단으로 이름이 높았고, 옷차림에서부터 하는 짓들까지 눈에 띄는 괴짜도 많았다. 그러니 학교를 다닐 때나 졸업해서나 모래알처럼 흩어져 사는 걸 너나없이 당연하게 여겼다. 혹시 잘못 알고 있는지도 모르지만 선후배 중에도 단과대 모임 따위를 만든 경우는 거의 없다고 한다. 우리 과는 아주 예외적인 경우고, 다른 과 동창들 이야기를 들으면 같은 과 동기모임도 찾아보기 어렵단다. 같은 대학 출신인 내 남편만 해도 졸업 이후 지금까지 한 번도 과모임이라는 것에 나간 적이 없다. 모임이 있다고 해도 나갈 위인이 아니긴 하지만, 모임이 있다는 이야기도 들은 적이 없다. 언젠가 남편과 같은 학번의 여자 동기를 만난 적이 있는데 그 선배도 모임에 대해선 모른다고 했다.

모임의 성공 요인은 명분도 아니요, 실리도 아니다. 오직 사람이다. 그 모임을 끌고 가기 위해 헌신하는 사람이 있어야 하는 것이다. 회원이 스무 명도 안 되는 과모임 같은 경우야 그런 사람이 단 한 명만 있어도 된다. 우리 과가 유달리 동기모임이 활발했던 것도 딱 한 사람 덕분이었다. 유난히 정 많고 성실한 친구였다. 날짜와 장소를 정해서 연락을 도맡았던 그 친구가 없었다면 모임 자체가 아예 이루어질 수 없었으리라는 것을 과 동창들은 잘 알고 있다.

단과대는 동기가 2백 명은 넘으니 그런 사람이 최소한 다섯 명은 넘어야 할 터. 그 점에서 난 회의적이었다. 하지만 내 예상은 빗나갔다. 처음부터 모임을 주도했던 회장단은 생각보다 꽤 단단했던 것 같다. 그리고 여기서 결정적인 요소! 무엇보다 모임을 만든 시기가 적절했다. 모임을 그리워할 나이들이 된 것이다. 아무런 이해관계가 없고 공유할 추억만 있는 그런 모임을.

50을 넘어서면 질주하던 발걸음에 힘이 빠지기 시작할 때다. 대부분은 일에서의 정점을 지난 직후이며 가정에서도 자녀 양육이라는 최대 과제가 끝나는 시기다. 이른바 숨 고르기의 시점. 자연히 지난날을 돌아보며 순수했던 시절을 떠올리게 된다. 그 시절의 사람들에 대한 그리움이 되살아나고.

오로지 성공을 향해서 달려왔지만 이때쯤이면 성공과 실패의 경계도 애매해진다. 옛 친구를 만나도 철없이 뻐기지 않고 또 공연히 주눅 들지 않을 만큼 모두가 꽤 익은 시기다. 성공했건 실패했건 아무튼 다 살아 있잖아. 전혀 모르는 사람이라도 동갑이라면 주책없이 반가운데 하물며 청춘을 한 캠퍼스에서 보낸 사이라면!

나이가 들어 가면서 내 뻐딱선이 점점 누그러진 데다 이 모임에 결정적으로 기울어지기 시작한 건 어느 해, 모임에서 기획한 앙코르와트 여행 덕분이었다. 앙코르와트는 평소에 늘 가고 싶어 한 곳이었는데 웬일인지 기회가 잘 닿지 않았다. 게다가 가장 가까운 여행 파트너인 남편은 이미 그 몇 해 전에 친구들과 더불어 갔다 온 곳이었다.

나 혼자 여행사 패키지를 따라 갔다 오는 것보다는 낫겠다 싶어 선뜻 신청했다. 서른 명이 채 안 되는 그룹이었지만 낯선 얼굴이 훨씬 더 많았다. 하지만 여행의 힘은 역시 셌다. 하루도 안 되어 친밀감은 무럭무럭 자라나서 이튿날부터는 모두 오래된 친구처럼 편해졌다. 마치 대학생으로 돌아간 듯 우리는 조그만 웃음거리에도 까르르까르르 굴렀다. 호수 가운데서 목사 친구의 인도로 기도도 하고, 비록 큰돈은 아니지만 지뢰로 발목을 잃은 어린이들을 위한 모금도 했다.

그래, 웬만하면 이 모임의 여행은 다 쫓아다녀야지 하고 마음먹었지만 외국 여행은 이제까지 그것으로 다였다. 공교롭게도 다른 일정과 번번이 겹쳤기 때문이다. 그 대신 국내 여행은 몇 번 따라갔다. 특히 대학을 졸업한 직후 일찌감치 지리산 골짜기에서 터를 일구고 살아온 동창 부부를 만난 남도 여행은 특히 인상에 남는다.

그 아내는 나하고 고등학교 동창이기도 했는데, 40년도 넘어 다시 만난 친구는 옛 모습을 고스란히 지키고 있었다. 피부는 조금 그을리고 거칠어졌지만 화장기 없는 그

얼굴은 청춘처럼 빛났다. 그 부부는 오염되지 않은 자연 속에서 오염되지 않은 인간으로 살고 있었다. 그날 나는 부끄러움과 부러움을 동시에 느꼈다.

예전부터 가끔씩 그 친구가 떠올랐지만 찾아볼 엄두를 못 냈었다. 불쑥 찾아갔는데 나를 못 알아보면 얼마나 무색할까 싶어서. 만약 동기모임이 없었다면 끝까지 만나지 못했을 게 틀림없다. 그날 친구 부부가 따 온 싱싱한 두릅을 초고추장에 찍어 먹으면서 나는 사람살이가 얼마나 다양할 수 있는가, 그럼에도 우리는 왜 그렇게 이른바 평균적인 삶에서 벗어나지 않으려고 헛된 용을 쓰며 살았을까 하는 생각에 조금 허탈해졌다.

부산은 수십 번 내려온 도시였지만 이번 여행도 전혀 새로운 곳에 온 것 같은 기분이었다. 그간 한 번도 찾지 않았던 박물관도 감탄스러웠고 비바람 몰아치는 태종대도 남달랐다. 역시 여행은 누구와 함께인가에 따라서 맛이 달라지니, 여러 번 갔던 곳이라고 해도 안 가는 건 어리석은 짓이다. 그냥 기회만 있으면 무조건 따라다니고 볼 일이다. 다리 힘이 남아 있는 한.

···

맥주 한 잔의
행복

나는 술 권하는 집안 출신이다. 철이 들기도 전부터 술
냄새와 친숙했다. 아버지는 평생 술을 좋아하셨다. 늦은 밤
귀가하시는 아버지에게선 언제나 술 냄새가 났다. 어머니
는 눈을 흘기면서도 "또 술 했소?" 이상의 말을 하신 적이
없다. 아침이면 꼭 꿀물을 타 드렸다. 어머니도 가끔은 술
을 드시곤 했다.

손님이 오는 날은 물론이고 밥상에 색다른 메뉴가 오
를 때면 아버지는 어김없이 술을 찾으셨다. 아주 가끔 선
물 들어온 양주가 오를 때도 있었지만 거의 언제나 소주를

드셨다. 혼자서 소주 서너 병은 기본이셨다. 나는 남자라면 누구나 그쯤은 거뜬하게 마시는 줄 알았었다.

내가 처음 술을 입에 댄 것은 중학교 3학년 때였다. 다른 형제들은 모두 잠이 들고 나 혼자 시험공부를 하고 있는데 이미 잔뜩 취해서 귀가하신 아버지가 빙그레 웃으시면서 소주를 한 잔 권하셨다. 소주를 마시면 머리가 더 총명해진다나 뭐라나 하시면서. 일종의 주사를 부리신 건데 나는 겁도 없이 잔을 받아 한입에 털어 넣었다. 속에서 불이 활활 타는 느낌이었는데 예상보다 나쁘지 않았다. 내가 술이 받는 체질이라는 걸 일찍이 확인한 셈이었다.

술꾼의 후예답게 이후 나는 가끔 몰래 술을 마셨다. 고등학교 들어가서 시작한 신문반 활동은 청소년의 객기를 부추겼다. 신문반은 오래된 학교 건물 중에서도 아주 후미진 골방에 자리 잡고 있었다. 설익은 문학소녀답게 개똥철학에 한창 몰두하던 그 당시 우리 서너 명의 악동들은 몰래 소주병을 까서 나눠 마셨다. 신문반 활동을 한다는 핑계로 수업을 빼먹고 은밀하게 즐기던 그 일탈은 지금껏 황홀한 추억으로 남아 있다.

내가 대학에 다니던 시절만 해도 여대생, 특히 남녀공학 대학의 여대생에게는 금기가 많았다. 공개적인 흡연이나 음주는 비난의 대상이었다. 심지어 학교 바로 앞에 있는 다방에 드나드는 것조차 따가운 시선이 따라다녔다. 하긴 남학생과 다방에 같이 앉아 있기만 해도 소문이 나던 시대였으니! 남학생들은 여학생들을 딱 두 부류로 나누었다. 다방에 드나드는 여학생, 그리고 집과 학교만을 오가는 여학생.

그런 시대에 내가 비교적 자유로운 생활을 누릴 수 있었던 건 연극회 활동 덕분이었다. 아니, 나 자신이 이미 충분히 자유로웠으니까 연극회에 들어갔겠지만. 아무튼 4년 내내 거의 빠짐없이 학기마다 연극 연습을 하면서 술을 마실 기회가 많았다. 학교 주변의 술집은 물론이고 사직동 대머리집이나 명동에 있는 은성 술집까지 드나들었다. 타고난 술꾼답게 주량은 날로 달로 늘어났다. 나중에 남편이 된 남자 친구보다 훨씬 주량이 셌다.

졸업 후 입사한 신문사는 술의 천국이었다. 날이면 날마다 술 마실 일이 기다리고 있었다. 처음엔 억지로 술을 권하던 선배들은 얌전하게만 보이는 여자 후배가 가늠할 수 없는 주량의 소유자라는 사실을 확인하고는 불가해한 표정을 짓곤 했다. '여자는 술을 안 마셔도 흉잡히고 잘 마셔도 흉잡힌다'는 남성 사회의 법칙을 이미 파악하고 있었기 때문에 나는 아무런 눈치도 보지 않고 마시고 싶은 만큼 마셨다.

만약 내가 술을 마시지 못했다면 전업주부 생활 10년을 무사히 건너지 못했으리라 믿는다. 혼자 손으로 아이 셋을 키우면서 통금 사이렌과 더불어 귀가하는 남편을 기다리는 주부의 삶은 나름대로 분주했지만 한편으론 말할 수 없이 따분했다. 행복의 반대말은 불행이 아니다. 그것은 불안이나 따분함 등 여러 가지일 수 있다. 아이들을 재워 놓고 남편을 기다리는 그 시간, 나는 홀로 TV를 보며 자주 맥주를 마셨다. 맥주 한 병이면 하루 동안의 고단함과 따분함이 싹 가셨다. 때로는 미국 영화에서 주부들이 싱크대에 술병을 숨겨 놓고 몰래 홀짝홀짝 마시는 장면을 떠올리면서 이러다 알코올중독자가 되는 건 아닐까 싶어 은근히 걱정스럽기도 했다. 빠듯한 생활비로 맥주에 돈을 쓰다니 내가 너무 허랑방탕한 게 아닐까 반성하기도 했다. 그러나 '맥주 한 병의 행복'은 결코 놓칠 수 없는 사치였다.

대부분의 내 또래 여자들은 술을 마시지 않거나 마실 줄 모른다. 여자가 술을 마시면 안 된다는 교육을 받고 자란 탓도 크지만 또 체질적으로 술이 안 받는 경우도 많기 때문이다. 나는 그런 친구들을 겉으로는 이해하는 척했지만 속으로는 답답하게 여겼다. 아주 오랫동안 나는 술 못(안) 먹는 사람은 남자나 여자나 재미없는 인간으로 규정했다.

하지만 술을 너무 좋아하는 사람은 더 재미없었다. 대표적인 사람이 나의 남동생이었다. 항상 수줍게 웃기만 하던 남동생이 언제부터 술꾼이 되었는지는 잘 모르겠다. 아마 재수할 때부터였을 거다. 그때 난 일과 육아를 병행하느라 동생에게 관심을 둘 틈이 없었다. 대학을 졸업할 무렵 동생은 내 기준으로 볼 때 이미 알코올중독자가 되어 있었다. 나는 부모님께 동생한테 술을 자제시키라고 여러 번 말씀드렸지만 오히려 부모님의 역정을 사기만 했다. 남자가 그 정도 술을 마시는 걸 갖고 문제 삼지 말라고. 아버지는 당신 체력에 자신만만하셨다. 사위들과 밤새 고스톱을 치시며 양주 한 병을 비우고도 새벽에 목욕탕을 가셨던 대단한 체력의 소유자이셨기에, 막내아들도 당연히 그러리라고 생각하셨던 거다.

동생은 얼굴만 보면 술 마시지 말라고 잔소리하는 큰누나가 무척이나 못마땅한가 보았다. 물론 맨정신으로는 다소곳이 듣는 척했지만 속은 달랐다. 어느 날은 자형인 내 남편에게 "저런 여자랑 재수 없어서 어떻게 사느냐"며 내게 손가락질을 하기까지 했다. 하는 일마다 꼬이고 몸도 만신창이가 된 끝에 동생은 쉰넷에 세상을 떴다. 평균수명이 여든인 시대에 쉰넷에 가다니 너무 속상해서, 누나가 제때 보살피지 못했다는 아픔 때문에 나는 많이 울었다.

술은 그런 거다. 적당히 마시면 약이 된다고들 하지만 아차 하는 순간 술에 잡아먹힌다. 주위에서도 일찍 죽는 남자들을 보면 대개 술꾼이다. 몸이 망가지고 나서야 술을 끊어 보지만 때는 이미 늦다. 나의 아버지처럼 대주가이면서 일흔을 넘기기는 아주 어렵다.

내 남편은 술 마시는 분위기는 좋아하지만 술이 받는

체질은 아니었다. 처음 연애하던 시절엔 나보다 훨씬 못 마셨다. 한두 잔만 들어가도 얼굴부터 발바닥까지 새빨개지다가 어느새 술상에 코를 박고 잠이 들던 사람이었다. 술꾼 장인을 만난 탓에 고된 훈련을 겪으면서 술 실력이 일취월장하더니 어느새 회사에서 술상무 역할까지 맡았나 보았다. 근 20년 동안 1년 365일 중 360일을 취해서 귀가했다.

남편의 술꾼 생활은 50대 중반에 사업 종료와 함께 막을 내렸다. 다행히 몸이 크게 상하지는 않았다. 그 이후 다시 학생 생활을 시작하면서는 간간이 술을 마신다. 아들들보다 더 어린 젊은이들과의 술자리는 오히려 남편에게 기운을 불어넣어 주는 것 같다.

나 역시 나이와 더불어 술을 덜 마시게 된다. 몸이 안 좋아진 이유가 가장 크지만, 함께 마실 사람이 점점 줄어들기 때문이다. 가장 자주 만나 술을 나누던 친구 둘이 몇 년 전 거의 동시에 간염에 걸려 완전히 술을 끊는 돌발사태도 일어났다. 그토록 오랫동안 사귀면서 만날 때마다 헤어짐을 아쉬워했던 친구들인데, 술을 못 마시게 되면서부터 자리에서 일어서는 시간도 빨라졌다. 아무리 만남이 즐겁고 분위기가 유쾌해도 술이 빠지니까 금방 맥이 빠지는 건 어쩔 수 없었다. 나이드는 게 싫은 이유야 수없이 많겠지만 그중 하나가 술과 멀어지기 때문일지도 모르겠다.

술 좋아하는 엄마를 보고 자란 아이들은 어렸을 때부터 내게 약속했다. 내 제사를 지낼 때는 제상에 아무것도 안 차리고 맥주 한 잔과 커피 한 잔만 올리겠노라고. 제사를 지내 준다니 이렇게 황감할 데가! 게다가 맥주와 커피라니 정말 고맙구나, 효자들아.

...

개띠 클럽

"버리자, 비우자, 줄이자!"

어느 때부터인가 새해 벽두에 새삼 다짐하는 것들이
다. 죽을 날에 한 발자국 더 가까워졌으니 주변을 정리해
야겠다는 심정에서 나온 다짐들이다. 집 안을 가득 채우고
있는 온갖 물건과 틈만 나면 마음을 뒤숭숭하게 만드는 헛
된 욕심들을 버리고 비우고 줄여야 홀가분하게 떠날 수 있
으므로.

친구들을 만나서도 그런 얘기뿐이다. 더 이상 옷이나
그릇을 사지 말자, 냉장고를 줄이자, 사진을 찍지 말자 등

등. 그중엔 모임을 줄이자는 이야기도 자주 나온다. 이 나이가 되어서도 나가기 싫은 모임, 보기 싫은 사람을 만나고 살 필요가 없다는 거다. 맞는 말이다. 하지만 '있는 친구나 잘 챙기자'는 결론에 이르면 고개가 끄덕여지면서도 완전히 동의하기는 어렵다. 있는 친구도 중요하지만 새로운 만남에 대해서 아예 벽을 쌓고 산다면 새로운 재미를 맛보지 못할 것 같기 때문이다.

많은 사람이 나이듦의 신호는 호기심이 사라지는 것이라고 입을 모은다. 보고 싶은 것도, 먹고 싶은 것도, 갖고 싶은 것도, 가고 싶은 곳도 점점 줄어드는 걸 보면 정말 그런 것 같다. 웬만큼 살다 보니 그게 다 그거지, 인생 뭐 별거 있나 싶은 거다.

하지만 만남은 좀 다르다. 아무리 매사에 시큰둥한 나이가 되어도 예상치 못한 곳에서 눈이 번쩍 뜨이는 사람이 나타날 때가 있다. 뭐, 연애엔 국경도 나이도 없다는 식의 호들갑은 아니다. 남녀노소를 불문하고 때로는 왜 이제야 만났나 하는 사람들이 나이들어서도 가끔 등장한다는 뜻이다.

어떤 때는 평소에 안면은 텄지만 늘 스쳐 지나가기만 했던 사람들이 어떤 장에서 다시 만났을 때 전혀 다른 사람으로 보이는 경우도 꽤 있다. 또 나하고는 전혀 코드가 달라서 선을 그었던 사람에게서 뜻밖의 동질성을 발견할 때도 있다. 젊었을 때였다면 결코 이루어지지 않았을 만남이 우연한 계기로 아주 자연스럽게 이뤄지기도 하는 것은 오히려 나이듦이 주는 커다란 축복이 아닐까.

오늘 아침 만났던 모임이 그런 경우다. 편하게 부르자면 개띠 클럽, 애교 있게 부르면 구구 클럽, 좀 폼나게 부르면 병술 포럼. 이렇게 이름이 세 개나 되는 모임의 오늘 일정은 동구릉 답사였다. 출석 멤버는 회원 아홉 명 중 일곱. 그중 탁월한 사학자로 명성이 자자한 한 멤버의 인도로 세 시간 동안 동구릉을 걸으면서 우리는 또 신선한 공기와 새로운 역사 지식을 한 보따리 얻고 행복해했다.

개띠 클럽은 46년 병술생들의 모임이다. 몇 년 전 환갑이 되던 해에 개띠 아홉 명이 모여 만들었다. 아홉 명의 개띠 면면을 들은 사람들은 거의 다 "아이고, 대한민국에서 골치 아픈 여자들은 다 모였군, 모임 만들기가 만만치 않았겠네" 하고 넘겨짚지만 사실 개띠 클럽은 지나치리만큼 순조롭게 출발했다.

그해 초 어떤 공식 모임에서 우연히 만난 세 개띠가 잡담을 나누다가 우리가 올해 회갑인데 남이 축하해 주는 건 쑥스러우니 우리 스스로 축하하는 자리를 만들어 보자는 데 뜻이 모였다. 세 명으로는 부족하고 열 명 이내가 좋을 테니 그날 만난 세 명이 각각 개띠 두 명씩을 끌어오기로 했던 거다. 멤버의 자격에 대해선 뚜렷한 기준을 세우지 않았지만 암묵적으론 이미 합의가 된 상태였던 것 같다. 어떤 식으로든 여성운동이나 여성 문제에 관심을 갖고 살아온 사람들로 하자는.

개띠는 추진력 하나는 끝내준다는데, 말이 나온 지 한 달도 안 돼 첫 모임이 이루어졌다. 아홉 명의 개띠가 한자리에 모였을 때 아마 모든 멤버가 다 속으로 조금 놀랐을지 모르겠다. 아, 저이도 개띠였구나 하고. 우연찮게도 나는 그 모든 멤버를 다 알고 있었지만 다른 멤버들끼리는 처음 만나는 경우도 꽤 있었다. 이 모임이 아니었다면 절대로 만날 일이 없었거나 다른 장소에서 만났더라도 통성

명조차 안 하고 지나칠 수도 있었을 거다.

하지만 무슨 조화일까. 첫 만남은 예상했던 것 이상으로 격의 없이 화기애애하고 시종일관 유쾌했다. 마치 오래된 모임 같았다. 무엇보다 이 다이내믹한 땅에서 여성으로서 60년을 함께 살아왔다는 것, 즉 같은 나이라는 것 하나만으로도 아홉 명을 무장해제시키기에 충분했다. 40, 50대였다면 까칠한 표정과 말투로 상대를 탐색하고 읽는 데 최소한 한 시간 정도는 흘려보냈을 게 틀림없었을 텐데, 예순 살이라는 나이는 우리도 모르는 사이 우리를 넉넉하게 만들었던 거다. 이럴 때 나이는 숫자 그 이상인 것 같다.

첫 만남에서 나는 이 모임이 아주 잘 굴러갈 거라는 확신이 들었다. 언제나 반백수 상태인 나를 제외하고 다른 여덟 명의 개띠, 그 가운데서도 특히 다섯 개띠는 아직도 현역이었다. 게다가 일인다역을 하는 바쁘디바쁜 여성들이었다. 걸핏하면 국내로 국외로 출장을 다녔다. 그럼에도 모두들 개띠 모임에 대한 열렬한 팬심을 노골적으로 드러내곤 했다. 가능한 한 모임에 빠지지 않으려고 모임 날짜 정하는 데 온 신경을 쓰고, 헤어질 때면 벌써 다음 모임을 기다렸다.

이 모임이 잘 굴러가는 또 하나의 이유로, 서로 아무 이해관계가 없는 사이라는 매력적인 사실을 들 수 있다. 교수직을 갖고 있는 네 명의 멤버는 각각 재직 중인 학교도 다를뿐더러 전공과목도 다르다. NGO 활동을 하는 다섯 멤버도 분야가 다 다르다. 굳이 문젯거리를 찾자면 정치 성향의 차이일 텐데, 이 또한 아무도 정치를 화제로 삼지 않으니 부딪칠 염려가 전혀 없다.

모임의 가장 큰 장점을 꼽으라면 모두가 서로의 삶과 생각과 성격을 존중한다는 점이다. 아무도 '나처럼 살아라' 또는 '왜 그렇게 사는데?'라고 시비를 걸지 않는다. 이것 또한 나이의 축복이다.

어쩌면 우린 모두 평생을 치열하게 살아오면서 조금씩 외로웠을지도 모르겠다. 일하는 여성으로 살면서 다른 여성과의 관계에서 오는 미묘한 어긋남, 또 남성과의 관계에서 겪어야 하는 갖가지 삐걱거림, 그리고 위 세대 여성의 삶에서 느끼는 답답함, 아래 세대 여성에게서 느끼는 은근한 거리감. 이 모든 스트레스에서 벗어날 수 있는, 거의 유일한 해방구가 바로 개띠 클럽일 것이다.

그렇다고 웃고 즐기는 것으로 그치는 모임도 아니다. 몸과 마음에 보탬이 되는 일이 어떤 걸까 길게 궁리할 것도 없이 우리는 문화답사를 선택했다. 마침 그 분야에 뛰어난 전문가가 우리 안에 있으니 금상첨화였다.

첫 코스로 택한 장소는 영주 부석사와 하회마을 일대. 이제까지 살면서 서너 번 가 본 곳이었지만 개띠 클럽의 답사는 아주 특별한 경험이었다. 우리는 마치 여고생이 된 듯 착실한 학생의 자세로 돌아가 선생님의 가르침을 열심히 받아들였고 그 결과 새로운 부석사, 새로운 하회마을을 발견할 수 있었다.

그 이후 5년 가까이 개띠 클럽은 문화답사뿐만 아니라 의미와 재미를 겸한 만남을 계속해 왔다. 한 멤버가 일하던 적십자사도 방문했고 또 다른 멤버가 일하는 가정법률상담소 새 건물도 찾아갔다. 작년 첫눈 오는 날에는 한 멤버의 경기도 시골집에서 고구마를 구워 먹기도 했다.

보통은 혹 패거리로 비칠까 걱정돼 개띠 클럽에 관한 이야기는 잘 안 하게 된다. 그러다가도 간혹 누군가에게는 이야기하고 싶어질 때가 있게 마련이다. 그럴 때 열이면 열 모두 첫 번째 반응은 '특이한 모임이네'요, 두 번째 반응은 '오래 못 갈걸'이다. 그만큼 개성 강한(솔직하게 말하면, 잘난 체하는) 여자들의 모임으로 비치는가 보다. 때로는 나이가 들면 점점 편한 사람, 편한 모임이 좋아지게 마련인데 왜 늙마에 새삼스레 별난 여자들을 단체로 만나느냐면서 빈정거리는 경우도 있다.

그러나 난 아직까지는 낙관적이다. 개성이 강한 사람들이라고 해서 반드시 불편하란 법도 없다. 한편으론 꽤 독특한 재미가 있는 이 모임이 언제까지 지속될지 궁금하기도 하다. 아무튼 다리 힘 빠지기 전까지는 잘 굴러갔으면 좋겠다.

...

혼자 놀기

　내 친구 하나는 젊었을 때 혼자 외국 유학도 하고 직장 생활도 오래 한 전문직 여성이다. 딸 키우는 일을 비롯해 무슨 일이든지 혼자 척척 해내는 유능하고 독립적인 그가 단 한 가지 혼자 못하는 일이 있다. 혼자 외식하는 일이다. 굶으면 굶었지 혼자서는 절대로 음식점에 가지 않는다.

　이유는 남들의 시선이 싫어서란다. 아니, 식당에서 자기 밥 먹느라 바쁜 사람들이 남 혼자 먹는 걸 관심 있게 보기나 하겠냐고 해도 그는 고개를 저었다. 호기심에서건 동정심에서건 흘깃거릴 게 뻔하다는 것이다. 요즘에는 혼자 먹는 사람을 위해 식탁 배치도 따로 할 만큼 트렌드가 바뀌었다고 해도 그는 혼자 먹는 게 싫단다.

난 그 친구와 다르다. 아주 오래전부터 서울이건 지방이건 음식점에 혼자 들어가서 밥 먹는 걸 아무렇지 않게 해치운다. 내 배 채우는 데 바빠서 남들의 시선 따위는 한 번도 의식한 적이 없다. 다 먹고 나서야 주위를 둘러보다가 옆자리 남성들이 나를 빤히 보고 있었다는 사실을 눈치채곤 한다. 지방일수록 혼자 밥 먹는 늙은 여자는 좋은 구경거리다, 아직은.

그렇다고 내가 그 친구보다 더 독립적인 인간이라고 섣불리 단정하면 안 된다. 그 친구는 오래전부터 혼자 극장이나 영화관에 잘 갔지만, 내가 혼자 영화관에 가게 된 건 얼마 안 되었으니까.

요즘은 영화도 속전속결이라 흥행이 안 된다 싶으면 일주일도 되지 않아 막을 내려 버리기 때문에 여간 민첩하지 않으면 비디오로 봐야 한다. 그렇지만 비디오로 보는 것과 영화관에서 보는 것은 전혀 다른 영화처럼 느낌이 다르다. 그렇게 바보처럼 살다가 어느 해 한 번 기회를 놓쳤던 〈그녀에게〉라는 영화를 또다시 놓칠지 모른다는 위기감이 내 등을 떠밀었다. 예순 무렵의 어느 여름날, 난 드디어 혼자 영화관을 찾았다. 표 한 장을 달라고 하면서 혹시 매표원이 이상하게 생각하지 않을까 잠시 마음에 걸렸지만 그녀는 무심한 표정이었다. 영화관으로 들어가니 의외로 혼자 떨어져 앉은 사람이 많았다.

다른 사람과 함께 볼 때와는 또 다른 느낌이었다. 나는 금방 영화에 완전히 몰입했다. 세상에, 이렇게 좋은 걸 왜 여태 못하고 살았지? 나는 50에 바다를 본 엄마처럼 신천지가 열리는 기분을 만끽하며 영화관을 나섰다. 앞으로 사는 게 훨씬 자유롭고 재미있어지리라는 기대감과 함께.

높은 산은 아니지만 우리 동네 산에도 가끔 혼자 간다. 얼마 전까지만 해도 혼자 산에 오는 남자는 흔했지만 여자는 거의 없었다. 그런데 놀라운 건 혼자 산에 오는 여자가 요즘 들어 급속히 늘고 있다는 사실이다. 아늑한 곳에 혼자 앉아 책을 보는 여자도 심심치 않게 보인다. 가파른 산길을 뛰어오르는 여자도 있다. 여럿이 떼를 지어 다니며 산이 떠나가라 수다를 떠는 모습보다 백배 천배 더 멋있는 풍경이다.

그날은 오랜만에 친구와 함께 산에 오른 날이었다. 정상 부근에서 땀을 식히고 있는데 바로 옆에서 내 또래 여자가 혼자 앉아서 사과를 깎아 먹고 있었다. 여유롭고 편안한 모습이었다. 우리와 눈이 마주치자 그는 친근한 미소를 띠며 사과를 건넸다. 그러고는 시키지도 않았는데 스스럼없이 자기 이야기를 털어놓았다. 늘 남편 일행에 끼어 여럿이 함께 산에 다녔다고 했다. 2년 전 남편이 갑자기 죽은 후 무력감 때문에 통 외출을 안 하다가 오늘 처음으로 산에 와 봤단다. 예전에 남편과 자주 오르던 정상에 앉아 있으려니 오기 전에 생각했던 것보다 훨씬 기분이 좋다고, 앞으로 자주 와야겠다고 그녀는 거듭 스스로에게 다짐했다. 우리는 진심으로 축하를 해 줬다.

늦은 저녁, 걷기 운동을 하려고 동네 학교 운동장에 나갈 때가 가끔 있다. 10년 전 크게 앓고 난 후 의사는 하루 한 시간 정도 걷기를 꾸준히 해야 한다고 강력히 권했다. 나는 남편에게 운동장을 함께 걷자고 제안했다. 그때까지만 해도 나는 남편이 운동을 싫어한다는 사실은 알았지만 그 정도로 싫어하는 줄은 몰랐었다(도대체 남편에 대해 아는 게 없다).

남편은 운동장에 나가지 않아야 할 핑계를 백 가지나 준비하고 있었다. 그런 사람을 억지로 끌고 나가자니 현관 문을 나설 즈음엔 이미 둘 다 심사가 뒤틀릴 대로 뒤틀릴 밖에. 혼자 걷기라는 특단의 방법을 생각해 낼 때까지 우린 매일 똑같은 싸움을 되풀이하는 어리석은 부부였다.

드디어 화를 못 이겨 혼자 운동장으로 뛰쳐나간 날, 왜 나이는 꼬박꼬박 먹어 가면서 정신은 스무 살 갓 연애를 시작하던 때에 머물러 있는지 한심스러웠다. 왜 나는 뭐든지 남편과 더불어 해야 가장 좋다고 믿는 걸까. 아니, 아니지. 중국에는 혼자 갔었으니까 '뭐든지'는 아니다. 왜 동네 운동장은 반드시 남편과 함께 걸어야 한다고 생각하는 걸까. 남편의 건강을 위해서라는 이유는 혹시 혼자 걷기가 너무 뻘쭘하기 때문에 억지로 갖다 붙인 핑계가 아닐까.

동네 운동장을 혼자 씩씩하게 걸어 다니는 사람들을 자세히 살펴보니 여자가 훨씬 많았다. 대낮에 걷기 좋은 코스는 모조리 여자들 차지라더니, 밤에 그다지 걷기 좋은 코스가 아닌 학교 운동장도 마찬가지였다. 나는 오랫동안 밤마다 혼자 걷기 운동을 해 온 여자처럼 어깨를 쫙 펴고 보무도 당당히 운동장을 걷기 시작했다.

남자는 혼자 놀지 못하는 동물이라고들 하지만 여자 역시 혼자 놀기를 두려워한다. 심지어는 화장실에 갈 때도 친구 팔을 끼고 간다. 혹시라도 혼자 놀게 되면 스스로 왕따 당한 기분이 들고 남들도 그렇게 본다. 하지만 더불어 노는 것도 좋지만 때로는 혼자 노는 것도 나쁘지 않다.

혼자 노는 법을 배우지 못하면 항상 남에게 의존하게 되고, 남에게 함께 놀자고 손을 내밀었다가 거부당하기라도 하면 스스로 위축되거나 남을 원망하게 된다. 혼자 놀 줄 안다는 건 외로움을 즐길 줄 안다는 뜻이다. 외로움을 즐길 수 있다면 남에게 섭섭함 따위를 느낄 겨를이 없다. 섭섭함을 느끼지 않는 사람은 늘 여유로워 보여 주위에 사람들이 모여든다. 그러니 혼자 잘 노는 사람이 곧 여럿과 잘 어울릴 줄 아는 사람이다.

특히 나이들어 가면서 혼자 놀 줄 모르면 공연히 주위 사람을 괴롭히게 된다. 괴롭힘을 당하는 일이 잦다 보면 젊은이는 점점 더 멀어지고 노인은 점점 더 야속해한다. 나이들수록 혼자 놀 줄 알아야 인생이 그나마 덜 외롭다. 덜 삭막해진다.

요즘 젊은이들은 우리 세대보다 훨씬 낫다. 어른들이 대부분인 콘서트에 가 보면 혼자 온 여자들은(물론 남자들도) 눈 씻고 봐도 없다. 하지만 젊은이들이 몰리는 콘서트에는 혼자 온 여자들이 넘쳐 난다. 그들은 혼자 와서 즐겁게 함께 어울린다.

혼자 노는 법을 배우지 못한 우리는 어른이 되어서도 항상 아는 사람과는 잘 어울리는지 몰라도 낯선 사람에게는 차갑게 등을 돌린다. 한 테이블에 앉아서도 자기들끼리 떠들지, 옆에 앉은 혼자 온 사람한테는 눈길도 안 준다. 이 점에서는 남자나 여자나 어쩌면 그렇게 닮은 꼴인지. 아니, 남자들은 그래도 형식적으로나마 서로 소개를 하는데 여자들은 그마저도 안 한다. 그래서 난 큰 규모의 모임이라면 영 껄끄럽다.

그건 그렇고, 아직도 내겐 혼자 놀기에서 도전할 분야가 남아 있다. 한비야처럼 혼자 지구를 떠도는 일은 언감

생심이지만, 우리나라 구석구석을 혼자 걷고 싶다. 요즘은 전국적으로 걷기 좋은 길을 많이 찾아내거나 만들어 놓았으니, 나 같은 사람도 큰 위험 없이 잘 해낼 수 있을 것 같다. 혼자 걷다가 혼자 쉬다가 그리다가 또 혼자 걷는 사람을 만나 잠깐 함께 걷다가. 그렇게 놀고 싶다.

3장
페미니스트가
보는 세상

...

그 연세가
어때서?

"그 연세에 참 체력이 좋으십니다."

또야? 김새게. 아니, 내 연세가 어때서? 이제 갓 예순을 넘었을 뿐인데 이만큼도 못 걸으면 여행을 왜 따라와? 찜질방이나 가지. 그리고 정말 웃기는 거 아냐? 저는 도대체 몇 살이나 젊다고 그 연세니 저 연세니 떠드는 거야? 흥, 아무리 못 먹었어도 쉰은 넘어 보이는데. 쉰이나 예순이나 오십보백보지. 같이 늙어 가는 처지에 싸가지 없이 굴고 있네. 그런 말 들으면 내가 기분 좋아할 것 같나 보지?

그 사람이 내 마음속을 들여다볼 수 있다면 아마 까무

러칠 거다. 자기 딴에는 대접한답시고 한 인사말인데 그토록 고까워하다니 역시 노인네들은 괴팍하다니까, 하며 도망갈 게 뻔하다.

나이를 부인하려는 게 아니다. 부인한다고 내가 먹은 나이가 어디로 가랴. 만약 20, 30대 젊은 사람들로부터 그런 말을 듣는다면 고까운 마음이 들 리가 없다. 부모가 몇 살이건 자식 세대의 눈으로 보면 부모 세대란 얼마나 늙은 사람들인가 말이다. 부모보다 나이든 사람들이 젊은이들의 걸음에 뒤처지지 않고 또박또박 잘 따라오면 신기하기도 하겠지.

그런데 겨우 10년 정도 차이 나는 사람들이 '그 연세에 어쩌고저쩌고' 하는 건 정말 짜증나는 일이다. 불과 10년 후에 다다를 나이를 마치 아득한 먼 훗날인 양 취급하는 건 아무리 생각해도 언어도단이다.

아마도 자신의 나이를 인정하고 싶지 않은 심리가 무심코 이런 말로 튀어나오는지도 모르겠다. 10년 위의 사람을 아주 늙어 버린, 무능한 사람으로 밀어넴으로써 10년 아래의 자신은 젊은 사람 축에 끼고 싶어 하는 것이다. 자신보다 10년 아래인 사람이 자신을 그렇게 생각하듯이.

나이라는 게 그렇다. 자신보다 10년 어린 사람과 자신은 아무 차이가 없는 것처럼 생각되는 반면, 자신보다 10년 위인 사람은 한 세대 위처럼 늙게 생각된다. '그 연세에'라는 말에 이처럼 거품을 물고 덤비는 나 역시 예외가 아니다. 나도 입 밖으로 토해 내지만 않았다 뿐이지, 나보다 열 살은커녕 다섯 살만 많아도 마음속으론 나하곤 다른 세대로 밀어낼 때가 많다. 물론 이미 오래 알고 지내 친숙해진 사람들은 제외하고. 반면 10년 이상 아래인 사람들과는 전혀 세대차를 못 느낄 정도로 잘 어울린다고 스스로 자부한다. 이 참을 수 없이 무거운 착각이라니!

이렇듯 모든 인간은 자기중심적이다. 자기를 중심으로 젊음과 늙음을 가른다. 물론 자기 자신은 항상 젊은 축으로 본다.

그러니 TV에서 새파란 20대 리포터가 이제 겨우 50대에 들어섰을까 말까 한 출연자에게 말끝마다 '어르신, 어르신' 하면서 노인 대접을 하는 것도 어쩔 수 없다. 내 눈에는 아무리 젊어 보여도 리포터나 제작자들 눈에는 살 만큼 살아온 노인으로 보일 테니. 신문을 보다가 나도 모르게 실소할 때도 많다. 역경을 뚫고 무언가를 이뤄 낸 젊은 주인공을 소개하면서 '노모를 모시고 어쩌고' 하는데 그 노모가 80대도 60대도 아닌 50대인 경우가 비일비재하다. 평균수명이 여든인 요즘도. 그 기자 역시 20, 30대일 게 분명하다.

아예 일흔 살을 훌쩍 넘으면 달라질지도 모르겠는데 나처럼 예순을 넘나드는 나이는 여러 면에서 참 애매하다. 젊은이들도 어떻게 대접해야 할지 혼란스럽고, 나이든 쪽에서도 혼란스럽긴 마찬가지다.

버스나 지하철에서 자리를 양보하고 양보받는 것도 단순한 문제가 아니다. 젊은이로서는 외모만으론 자리를 양보할 대상인지 아닌지 아리송할 경우가 많고, 나이든 이는 양보를 받아도 받지 않아도 마음이 편치 않다. 유난히 피곤한 날 내 앞에 앉은 젊은이가 휴대폰만 들여다볼 때는 괘씸한 생각이 들지만, 정작 자리를 양보받으면 그렇게 민망할 수가 없다. 민망하다 못해 서글퍼진다는 사람도 꽤 많다.

대학로에서 젊은 가수의 콘서트를 보고 나왔는데 지하

철에 오르자마자 몇 명이 한꺼번에 벌떡 일어섰을 때의 그 기분이라니! 몇 시간 동안 누렸던 젊음이 순식간에 깨어져 버릴 때의 그 낭패감을 젊은이들은 짐작도 못할 거다.

그 꼴 당하기 싫어서 머리를 까맣게 염색한다는 내 또래도 많다. 젊은이들을 더 헷갈리게 만드는 요인이다. 머리가 하야면 무조건 자리를 양보하니까 오히려 편한데 요즘은 다 새까만 머리들이라 판단하기 힘들다는 것이다.

하지만 요즘은 또 머리가 일찍 세는 사람도 적지 않아서 흰머리로 나이를 가늠하는 것도 정확하지 않다. 예의 바르기로 소문난 젊은 여성 하나는 머리가 하얀 할아버지한테 자리를 양보했다가 황당한 일을 당했다고 한다.

"아가씨, 나 할아버지 아니야. 아직도 다리 세 개가 튼튼한 아저씨야."

성희롱 수준의 말에 너무 놀라서 얼굴을 다시 쳐다보았지만 아무리 봐도 예순 살은 넘은 얼굴이었단다. 자기 아버지와 비슷한 연배로 보여 자리를 양보했다가 졸지에 험한 말을 듣고 그 여성은 큰 상처를 받았다고 한다.

어떻든 젊은 사람들로부터 노인 대접을 받는 거야 민

망스럽기는 하지만 그렇다고 기분 나빠 할 일은 아니다. 기분 나쁜 건 함께 늙어 가는 것 같은 사람들이 자기보다 조금 더 나이 많다고 노인 대접을 하는 거다.

겨우 5년 아래의 후배들과 외국 여행을 다녀온 한 친구는 다시는 후배들과 함께 놀지 않겠다면서 분을 삭이지 못했다. 자기가 뒤처지지 않을 때는 '그 연세에 아직도 어쩌고' 하다가, 좀 뒤처지거나 피곤한 내색을 하면 '역시 연세가 계셔서 어쩌고' 하는 모습이 괘씸해서 죽을 뻔했다는 것이다. 그 말을 듣고 한참 동안 성토대회를 연 친구들이 내린 결론은 '그러니까 또래끼리 모여야 한다니까'였다.

물론 또래와의 만남처럼 속 편한 것도 없다. 공유하는 추억이 많으니 언제나 얘깃거리가 넘치고, 나이든 피부 밑으로 앳된 옛 얼굴이 보이고, 무엇보다 나이를 의식하지 않을 수 있다.

그렇다고 매일같이 또래만 만나고 살면 무슨 재미인가. 또래는 또래고 되도록 다양한 연령층의 사람들과도 함께 어울려야지. 그래야 나이들어도 사람 사는 재미를 누릴 수 있지. 그러니 젊은이들한테 끼워 달라는 게 다소 무리라면 최소한 위아래 열 살 정도는 다 터놓고 지냈으면 좋겠다.

동방예의지국에서 왜 이런 망발을 하느냐고 비난하는 목소리가 들리는 듯하다. 그러지 않아도 싸가지 없는 젊은 이들 때문에 골치인데 나잇살이나 먹은 사람까지 합세하느냐고 할지도 모르겠다. 하지만 터놓고 지내자는 말은 예의를 지키지 말자는 말이 아니다. 예의를 빌미로 사람 사이에 벽을 쌓지는 말자는 말이다. 예의는 사람 사이라면 어떤 관계에서도 지켜야 한다.

몇 살 덜 먹은 거, 몇 살 더 먹은 거 너무 의식하지 말고 살자는 말이다. 나이든 사람 대접한답시고 함부로 '그 연세에 대단하십니다'라는 말을 남발하지 말 일이다. 연세 따위는 애써 잊고 사는 사람에게 새삼 나이를 의식하게 만드는 건 칭찬도 예의도 아니다.

예순 살 무렵만 그렇게 느끼는 게 아닐 거다. 여든을 넘어도, 아흔을 넘어도 똑같을 거다. 정 칭찬을 하고 싶다면 연세 얘기는 빼고 그저 '대단하십니다'라고만 하라.

...

남자들,
달라졌다

　요즘 남자들, 참 착해졌다. 여기서 '착해졌다'는 말은 윤리 의식이 높아졌다는 뜻이 아니라 여자들한테 잘한다는 뜻이다. 젊은 남자들은 말할 것도 없고 나이든 남자들도 몰라보게 착해졌다. 착해지고 싶어서 착해진 것이 아니라, 착해지지 않으면 앞으로 살아갈 날이 괴로워질 것이라는 공감대가 빠르게 형성된 덕분이다.

　10년 전만 해도 여성해방이니 양성평등이니 하는 단어만 들어도 온몸에 두드러기가 솟거나 자기도 모르게 코웃음이 쳐지던 남자들이었다. 내가 여성학자라고 소개될 때면 어김없이 "남성학자는 없나요?"라고 빈정거리던 그들이었다. 그랬던 그들이 이젠 자발적으로 양성평등한 노년을 살아가려면 어떻게 해야 하느냐면서 나를 강의에 초청하는 일이 잦아졌다. 죽을 때까지 큰소리치며 살 수 있을 것 같던 남자들도 정작 노년이 실시간으로 다가오니 정신이 번쩍 드는 모양이다.

그도 그럴 것이 몇 년 새 시중에 떠도는 유머의 상당수가 노년에 들어서 역전되는 남녀관계, 구박 받는 남성들에 관한 것이기 때문이다. 이미 고전이 된 '삼식이 시리즈'나 요즘 새로 유행하는 '세대별 남편이 이혼당하는 이유' 등이 인터넷에 떠돌 때만 하더라도 인터넷과 거리가 먼 세대들이야 안 들은 셈 칠 수 있었다. 하지만 그런 내용들이 이른바 권위 있는 일간지의 칼럼에까지 단골 소재로 등장하는 바람에 이제는 도저히 외면하려야 외면할 수 없게 되어 버렸다. 처음엔 자신들은 그런 유머와는 아무 상관 없는, 대한민국 상위 10퍼센트에 속하는 존재들이라며 오히려 약간은 우쭐한 기분이 들었겠지만 이내 '유머는 유머일 뿐'이 아니라는 깨달음에 모골이 송연해지는 모양이었다.

그런 유머들을 듣거나 볼 때면 남자들은 처음엔 화가 나고 나중엔 처량해진다. 가족을 부양하느라 일생을 뼈 빠지게 일하고 이제야 겨우 집으로 돌아와 쉬면서 즐기려는 남편, 젊었을 때는 늘 기다리게만 했던 아내와 이제는 오순도순 알콩달콩 살고 싶은 남편에게, 아내는 평생 해 왔던 '밥해 주는 일'을 왜 그토록 끔찍하게 여기는지, 이기적이기만 한 여자들에게 남자들은 분노가 치민다. 그래서 그런 대접을 받는 남편들은 젊은 시절 무언가 큰 잘못을 저질렀던 모양이라고 나름대로 넘겨짚는다. 자신처럼 별 하자 없이 살아온 남편에겐 '해당사항 없음'이라고 스스로 믿어 본다. 게다가 자기 아내는 또 어떤가. 평생을 고분고분 남편한테 순종해 온 현모양처가 아니던가. 못된 여자들과는 기본적으로 다른 과다.

한데 돌아가는 본새가 수상쩍다. 들리는 이야기로는 별 하자 없이 꼬박꼬박 돈을 벌어다 주던 괜찮은 남자들이 더 당한단다. 그리고 더 수상쩍은 건 아내의 반응이다. 그런 이야기들을 들으면 "아유~ 여자들이 너무 못됐어"라며 흥을 봐야 마땅할 텐데 어찌 된 노릇인지 오히려 "맞아, 맞아" 하고 맞장구를 치며 키득거린다. 그뿐이면 좋게? 한 걸음 더 나아가 유머를 만들어 낸 사람들은 어쩌면 그리도 정곡을 찌르는 말만 골라서 하느냐며 감탄까지 한다. 그런 아내를 보고 있자니 기가 막히다 못해 화가 끓어올라 결국 부부 싸움으로까지 발전되고 만다. 하지만 싸워 봤자 백전 백패다. 그 유순하던 아내가 어느새 이렇게 유들유들해졌는지 시종일관 여유만만, 분해서 씩씩거리는 사람은 언제나 정해져 있다.

남자들은 억울하다 못해 참담하다. 일평생 애쓴 결과가 고작 구박 받는 노년이라니. 밥 한 끼 얻어먹는 데도 아내의 눈치를 살펴야 하다니. 하지만 하소연할 데도 없다. 자식들도 모두 제 엄마 편이다. 이럴 때일수록 같은 처지의 남성들끼리 모여 '늙은 남성 인권보장위원회'라도 결성해서 공동 대처를 하면 좋으련만 뒷일이 두려운지 다들 딴청이다.

통계청도 한몫 거든다. 최근 몇 년 사이 전체 이혼율은 조금 줄어드는 추세인데 유독 결혼 20년 이상 된 부부들의 이혼율만은 늘어난다고 겁을 준다. '황혼 이혼'이란 말은 이웃나라 일본에나 있으려니 한 게 엊그제 같은데 세상 참

빨리 변한다.

그러니 이렇게 빨리 변하는 세상에 눈치껏 올라타지 못하면 자칫 무슨 낭패를 당할지 모른다. 살아남으려면 변해야 한다는 명제는 젊은이에게만 유효한 것이 아니다.

그리하여 드디어 대한민국의 나이든 남자들이 착해지기 시작했다. 그것도 놀라운 속도로. 한때 내 또래 여성들은 '아들이라면 몰라도 내 남편은 절대로 달라지지 않는다'는 일종의 신념 같은 것이 있었다. 그리고 그 이유를 시어머니들의 아들 교육에서 찾았다. 우리네 시어머니들은 뿌리 깊은 남아선호사상의 마지막 신봉자들이었기 때문이다.

하지만 아무리 어릴 적 교육이 중요하다고 해도 시대의 흐름을 역행하지는 못하는 법. 청장년 시절을 마초로 살아온 남자들도 노년의 평안을 위해선 평생의 신념을 버려야 한다는 시대의 요청을 받아들이게 되었다.

일단 그들은 스스로 처량하다고 생각하기에 앞서 밥을 해 주기 귀찮아하는 아내들을 '인간적으로' 이해하려고 애쓴다. 평생 밥을 해 왔으니 이젠 아내도 밥하는 일에서 은

퇴하고 싶을 거라고. 자신들도 일터에서 물러났는데 아내에게만 죽을 때까지 계속 똑같은 일을 하라고 요구하는 건 불공평하다고.

그래서 그들은 타협점을 찾는다. 영식이처럼 집에서 하루에 한 끼도 안 먹을 수는 없고 최소한 두식이처럼만 살자고. 그래서 약속이 없더라도 점심엔 외출거리를 만든다. 혼자 산에도 가고 서점이나 미술관에도 간다. 어떨 때는 지하철을 타고 온양온천역까지 갔다 온다. 혹 집에 있을 경우엔 아내에게 점심은 간단히 때우자고 먼저 제안한다. 자장면을 시켜 먹거나 고구마를 쪄 먹거나. 때로는 아내와 함께 동네 칼국숫집을 찾기도 한다.

더 착한 남자들도 있다. 그들은 하루에 한 끼쯤은 스스로 요리를 만들어 아내에게 대접한다. 개중에는 요리 학원에 다니면서 차곡차곡 실력을 쌓더니 반년이 안 되어 별식의 달인이 되는 경우도 있다. 요리 잘하는 남자는 세대를 불문하고 모든 여자의 로망이다.

또 그들은 이제 아내에게 쓸데없는 잔소리를 하지 않으려고 애쓴다. 40대만 되어도 아내에게 어디 가느냐고 묻는 게 이혼 사유라는데 50, 60대는 말해서 무엇하랴. 아내의 사교 생활, 아내의 옷차림에 공연히 딴죽을 걸었다가는 좋을 게 없다는 걸 이미 숙지하고 있다.

그리고 아내가 하자는 일에 토를 달지 않는 법도 배워 나간다. 아내가 어딜 가자고 해도, 무얼 사자고 해도 "왜?"라고 묻지 않고 무조건 따른다. 그래야 편하다는 걸 안다.

요즘 나이든 남자들 입에서 나오는 말은 다 똑같다.

"아내 말대로 하면 손해 볼 게 없어요."

그런데, 그런데 말이다. 세상은 참 단순하지가 않다. 남자들이 이렇게 착해졌는데도 나이든 여자들은 불만이다. '은퇴한 남자와 사이좋게 살기'가 생각만큼 쉽지 않다고 아우성들이다.

냉정한 표현이지만 어쩌면 나이든 남자들은 나이든 여자들에게 그 존재만으로 부담스러운 것인지도 모르겠다. 여자들은 나이들수록 독립적으로 되어 가는 데 반해 남자들은 나이들수록 의존적으로 되어 가니까.

혹은 젊은 날의 원망이 너무 높이 쌓여 나이들어서도 도저히 풀리지 않을 뿐만 아니라 오히려 더 새록새록 덧나는 경우도 많은 것 같다. 때로는 "진작 좀 그렇게 착했으면 오죽 좋아"라는 비아냥거림이 저절로 튀어나온다.

물론 아직까지 상황 파악이 안 되는 남자들도 부지기수다. 비교적 잘나간다는 남성들을 대상으로 한 강의에서 한 남자가 손을 들더니 볼멘소리를 했다. 노년에 구박 받는 남자 이야기는 우리 같은 사람들에겐 해당사항 없는 이야기라고. 왜냐하면 퇴직한 후에도 우린 꼬박꼬박 연금을 받는 유능한 남자들이기 때문이라나? 그는 착각하고 있었다. 나이든 남자들이 찬밥 신세가 되는 이유가 오로지 돈을 못 벌어 오기 때문인 줄로만 알고 있다. 아직도 이런 남자들이 있다니!

나이든 여자들이여, 당신의 남편이 이런 '착각남'만 아니라면, 당신의 남편이 뒤늦게나마 착해지려고 애쓰는 남자라면 존재만으로 부담스럽게 생각하지 맙시다. 지난 일은 덮어 두고 앞일만 생각합시다. 함께 손잡고 재미있게 살아 봅시다.

갈수록 남자들에게 측은지심을 느끼는 걸 보면 나도 나이가 들긴 들었나 보다. 아니면 아들만 둬서 그런 건가.

...

고독사

'홀로 살던 60대, 사망한 지 두 달 만에 발견'

몇 년 전만 해도 일간지 사회면에 잊을 만하면 실리던 기삿거리였다. 기사 말미엔 으레 산업화와 더불어 심화되어 가는 가족의 해체 문제라든가, 이웃의 무관심을 탓하는 학자나 전문가의 코멘트가 따라붙는다. 그리고 항상 정부는 소외된 국민을 보살피는 안전망을 촘촘히 짜야 한다는 제언으로 끝난다. 그러나 언제부터인가 슬그머니 이런 기사의 크기가 축소되더니 요즘은 아예 단신으로도 실리지 않는다. 나처럼 인터넷 뉴스를 샅샅이 뒤지는 사람이 아니라면 더 이상 그렇게 죽어 가는 사람이 없는 게 아닌가 착각할 지경이다.

하지만 실은 그런 죽음이 뉴스가 되지 않을 정도로 고독사가 아주 흔해졌기 때문이라는 걸 사람들은 잘 알고 있다. 무슨 사연으로건 혼자 사는 사람의 수는 나날이 늘어나는 데다 가족과의 소통은 점점 더 닫혀 가고 있고, 이제 이웃사촌은 사전에나 존재하는 단어로 변해 버린 세상이 왔기 때문이다.

고독사 뉴스는 특히 나이들어 가는 사람들을 불편하게 만든다. 아직은 비록 소수의 문제로 치부하고 싶지만 소외계층이건 아니건 어느 정도 나이든 사람들은 머지않아 이 문제가 자신한테도 일어날지 모른다는 두려움을 떨치지 못하는 것 같다.

쪽방촌에 혼자 사는 노인들의 경우 당장 먹고사는 문제도 걱정이지만, 혹시 아무도 모르게 죽으면 어떻게 하나 하는 불안감이 더 크다는 말을 들었을 때 솔직히 좀 놀라기도 했다. 그들은 말한다. 혼자 사는 건 팔자로 치부하고 견뎌 낼 수 있지만 혼자 죽는 건 너무 비참하다고. 더구나 죽은 후 몇 주일, 몇 달 후에 발견된다면 그 몰골이 어떨지 생각만 해도 끔찍하다며 머리를 흔든다. 비록 삶은 외로웠더라도 죽는 순간만큼은 덜 외롭기를 바라는 그 마음에, TV를 보다 절로 숙연해졌다.

내 주위에는 결혼하지 않고 사는 친구가 여럿 있다. 일평생 당당하게 살아온 그들도 고독사 뉴스를 들으면 마음이 비감해진다고 한다. 몸에 이곳저곳 탈이 나면서부터 문득문득 '만약 내가 샤워를 하다가 쓰러진다면?' 혹은 '자다가 아침에 눈을 못 뜬다면?' 하고 상상하게 된다는 것이다. 물론 만인이 소망하듯 그들도 자는 듯이 죽는 죽음을 꿈꾸지만 자신이 죽은 채 오랫동안 방치되는 건 끔찍하단다.

결혼하지 않은 친구들만 그런 상상을 하는 것은 아니다. 결혼한 후 혼자된 친구들도 정도의 차이는 있을망정 비슷한 걱정을 한다. 자식이 있다 해도 외국에 멀리 떨어져 사는 경우가 많고, 설사 같은 한국 땅에 산다고 해도 매일 연락을 하고 사는 경우는 드물기 때문이다. 특히 아들만 둔 경우는 더하다.

결혼한 아들 셋 중에서 둘이나 가까운 이웃에 살림을

차린 나조차도 가끔은 방정맞은 상상을 할 때가 있다. 어쩌다 2, 3일씩 집에 꼼짝 않고 틀어박혀 있을 때면 저절로 그런 생각이 든다. 만약 내가 욕실에 들어갔다가 미끄러져 정신을 잃을 경우 과연 24시간 이내에 발견이 될까?(고독사의 정의는 죽은 지 24시간 후에 발견되는 죽음이라고 한다.)

대답은 물론 'No'다. 아이들은 집에 전화를 해서 내가 안 받으면 아직도 빨빨거리고 다니는 엄마가 또 무슨 일이 있어 외출했구나 하고 별로 신경을 쓰지 않을 게 분명하다. 아이들은 평상시 긴급사항 아니면 내 휴대폰으로 연락하지 않는다. 공적인 일이건 사적인 일이건 방해될까 저어해서다. 그날 밤늦게 집으로 전화했는데도 또 안 받으면 피곤해서 일찍 잠이 들었나 보다 생각할 거고, 만약 다음 날 낮에 이어 밤늦게까지 전화를 안 받으면 그때는 평소 훌쩍 여행을 잘 떠나는 엄마가 어디 지방에라도 갔구나 생각할 거고, 결국 다음다음 날에야 휴대폰으로 안부 전화를 걸 것이 분명하다. 휴대폰을 금세 안 받더라도 평소 내가 휴대폰 벨 소리를 잘 듣지 못하기 때문에 별걱정을 하지 않을 거다.

그러다 보면 닷새쯤은 후딱 지나가 버릴 테고, 그제야 약간 이상한 생각이 들 거다. 그러니 다복하다고 소문난 내가 혹 집에서 혼자 죽더라도 이웃에 사는 자식들이 발견하는 데 일주일은 걸릴 거라는 걸 쉽게 계산할 수 있다. 요즘 친정엄마와 딸처럼 하루에도 몇 번씩 휴대폰 통화나 문자 메시지로 사랑을 확인하는 관계가 아니니 별수 없다.

외국에 나가 있는 남편이야 더 기대할 게 없다. 주말에 전화를 걸어 안 받으면 이 여자가 또 바람이 들어 여행을 떠났나 보다고 생각할 테니까. 십중팔구는 아이들로부터 연락이 와야 알 게 뻔하다.

이렇게 상상의 날개를 펼치다 보면 불현듯 '아니, 이 남자는 무사히 잘 있나' 하고 걱정이 시작된다. 지난번에 가봤더니 실내 온도가 우리 집보다 훨씬 낮던데 아침에 일어나자마자 잠옷 바람으로 화장실에 갔다가 혹시 쓰러지진 않았을까, 가스레인지 점화가 잘 안되던데 라이터로 불을 붙이려다가 혹시 폭발하진 않았을까. 엘리베이터가 없는 6층 꼭대기에서 급히 걸어 내려오다가 발을 헛디디진 않았을까, 아파트 정문 앞길이 아주 비좁던데 과속으로 질주

하는 트럭에 혹시 받힌 건 아닐까. 문자 그대로 '노파심'인 줄 알면서도 삶의 불확실성에서 오는 불안이란 놈은 얼마나 집요한가. 한번 불안에 사로잡히다 보면 나처럼 전화를 자주 걸지 않는 무신경한 마누라도 당장 전화기에 손이 가는 걸 어쩔 수 없다.

하지만 불안감을 숨긴 채 국제전화를 걸면 천하태평 남편이란 사람은 수업 준비를 하느라고 바빠 죽겠는데 무슨 일로 전화를 했느냐며 노골적으로 귀찮아한다. 그런 사람한테 당신이 혹시 사고라도 당했나 걱정돼서 전화했다고 말해 봤자 "당신은 걱정을 만들어서 하는 사람"이라고 핀잔만 들을 게 뻔하니, 머쓱한 채 수화기를 놓고 만다.

사실 내가 고독사 걱정을 하는 것은 복에 겨운 짓거리다. 천지 사방 피붙이 하나 없이 홀로 지내는 노인들에겐 너무나 절실한 걱정거리가 아닐 수 없을 테니. 다행히 지역에 따라선 독거노인들에게 도시락을 배달한다든지 정기적으로 안부를 묻는 돌봄 서비스를 실시해 노인들의 건강을 챙긴다고 하지만, 그런 서비스의 사각지대에 놓인 노인이 워낙 많아 아직은 미흡하다고 한다.

어떤 이들은 말한다. 어차피 홀로 왔다 홀로 가는 게 인생이요, 고독사는 현대인의 운명인데 무얼 그리 감상적으로 받아들이느냐고. 병원 중환자실에서 온갖 기계를 달고 죽는 것보다 차라리 길게 앓지 않고 혼자 조용히 죽어 가면 오히려 그게 더 인간으로서 품위 있는 죽음이 아니냐는 거다. 죽은 다음에야 어떻게 되든 본인은 이미 알 리 없으니 끔찍하네 어쩌네 하는 걱정은 공연한 거란다.

　일리 있는 말이다. 젊었을 때는 나도 그렇게 생각했다. 하지만 나이가 들면서 생각이 좀 바뀌었다. 길게 앓지 않는 거야 누구나 바라는 바이지만, 죽어 가는 순간만큼은 다른 사람의 눈길을 받으면서 죽는 게 훨씬 덜 외로울 것 같다는 생각이 든다. 살아생전에 짧은 여행을 떠날 때도 누군가로부터 "잘 다녀와"라는 인사를 들으면 기분이 더 좋은 것처럼.

　〈안토니아스 라인〉이라는 영화에서처럼 온 피붙이를 침대 곁으로 불러 모아 마지막 인사를 한 마디 한 마디씩 주고받은 다음 미소를 띤 채 고요히 세상을 떠날 수 있다면 더 바랄 게 없을 것이다. 그런 호사까지는 아니더라도,

비록 자신을 잘 모르는 이웃이라도 같은 하늘 아래서 산 인연으로 마지막 인사를 나눌 수 있도록, 우리 사회에 '돌봄'이 일상화되었으면 좋겠다.

유난히 강추위가 기승을 부리던 새해 벽두, TV에서 쪽방촌 노인들의 소망을 듣다가 왈칵 치솟는 무엇이 있어 고독사에 대해 생각을 해 보았다.

...

난 이런 프로그램이
싫다고

    아직도 몸이 빵빵한 나이든 코미디언이 농촌을 찾아다니며 노인들을 모아 놓고 이야기와 노래를 시키는 TV 프로그램이 있다. 제목은 무슨 '실버'니 '고향'이니 '늘 푸른' 같은 단어들이 들어간 것 같다. 채널을 돌리다가 우연히 본 게 대여섯 번이나 되는데도 정확한 제목이 뭔지 항상 헷갈린다. 관심 탓인지 나이 탓인지 그것도 잘 모르겠다. 아무튼 수많은 채널 가운데 겨우 숨을 지탱하고 있는 희귀한 노인 대상 프로그램 중 하나다.

    거두절미하고, 난 이런 프로그램이 싫다. 젊었을 때부

터 그랬다. 이른바 노인 프로그램이란 것들은 하나같이 겉으로는 노인들을 대접하는 듯한 모양새를 취하고 있지만 실제로는 노인들을 희화화하는 듯한 느낌을 지울 수 없기 때문이다. 명색이 공영방송 또는 준공영방송이니 구색으로나마 노인 대상 프로그램을 만들기는 해야겠는데, 아무리 머리를 굴려 봤자 자칫 따분하고 궁상맞은 분위기로 가기 십상이니 진행자라도 웃기는 사람을 써야겠다는 제작자의 의도야 갸륵하다고 하지 않을 수 없다. 하지만 프로그램 내내 쥐어짜는 듯한 깔깔대는 웃음소리를 듣다 보면 '인생은 즐거워'가 아니라 오히려 '인생은 공허해'라는 생각만 더 커져 가니 내가 너무 까칠한 건가.

우선 묻는 내용이 어쩌면 그리도 천편일률적인가. 언제 결혼했느냐, 첫날밤이 어땠느냐, 상대방이 맘에 들었느냐, 다음 세상에 태어나도 상대방과 결혼하겠느냐, 하늘에 있는 남편에게 무슨 말을 하고 싶으냐….

그리고 그 말투라니! 가끔씩은 존댓말도 들리지만 대부분 어정쩡한 반말 투다. 60대고 80대고 모두 어린아이 다루듯 한다.

듣기 거북한 건 또 있다. 진행자와 나이 차이가 별로 안 나는데도 '어머님', '아버님'이란 호칭을 남발한다. 우리 정서상 자기보다 나이 많은 사람에게 '아무개 씨'라고 부르기 어려운 건 사실이지만 그래도 어머님, 아버님은 아닌 것 같다. 모든 노인을 부모처럼 받들자는 갸륵한 충정이 느껴지지 않는 건 아니지만 아무리 그래도 어머님, 아버님은 오버다. 그들을 독립적인 존재로 생각한다면 적어도 방송에서만이라도 가족적 호칭을 벗겨 주는 것이 예의다.

대안 없는 비판이라고? 그렇다면 이런 제안은 어떨지. 그냥 쿨하게 이름을 부르고 그 뒤에 '선생님'이나 '여사님'을 붙이면 어떨까 싶다. 아니면 그 흔한 '어르신'이란 호칭도 있잖은가. '아무개 어르신'이라고 불러도 무난할 것 같다. 오랫동안 이름을 잊고 살아온 당사자들도 아마 사회적으로 대접 받는 기분이 들지 않을까.

까탈스럽게 흠을 잡았지만 일단 이 프로가 눈에 띄면 난 끝까지 보는 편이다. 형식은 식상하지만 그 속에 나오는 사람들은 언제나 새롭기 때문이다. 특히 나이든 여자들의 솔직함과 당당함은 언제 봐도 매력적이다. 전국 어느

지역을 막론하고 남녀 차이가 확연히 드러난다. 나이든 남자들은 얌전해 보이는 반면 여자들은 활달하다. 성격도 성격이지만 풍채부터 다르다. 남자들은 쪼그라든 인상인데 여자들은 얼굴이 빛난다. 그들은 하나같이 자신의 인생에 자부심을 느끼는 듯하다. 그만큼 열심히 살아왔다는 증거가 그들의 표정과 태도에서 고스란히 드러난다.

그들은 모두가 가난하던 시절 가난한 농촌에서 태어나 역시 비슷하게 가난한 농촌으로 시집을 왔다. 거의 모든 시어머니는 혹독한 시집살이를 시켰고 거의 모든 남편은 주사가 심했다. 폭력을 휘두르는 남편도 드물지 않았다. 그래도 그들은 어렸을 때부터 배워 온 대로 집을 뛰쳐나가지 않고 온몸으로 묵묵히 살아 냈다. 너무 힘들어 집을 나갔다가도 마을 어귀에서 서성이다가 돌아왔다. 죽어도 시집 귀신이 되어야 하기에. 일평생을 집 안팎에서 강도 높은 노동에 시달리며 시부모를 봉양하고, 시동생들 뒷바라지를 하며, 적지 않은 아이들을 낳아 키웠다. 때론 남편이 외도를 밥 먹듯 해도 그저 눈감고 살았다. 그게 여자의 삶이라고 배웠기에.

모든 의무에서 벗어나 이제 뒤를 돌아보니 만감이 교차한다. 자신이 이루어 놓은 것에 대한 자부심 한편으로 오로지 참고 견뎌 온 과거에 대한 회한이 피어오른다.

"다시 태어나도 아버님과 같이 살고 싶으시죠?"

이 어리석은 질문에 열이면 열, 똑같이 대답한다.

"안 살아!"

옆에 남편이 있든 혼자된 여성이든 한결같다.

멋쩍어진 진행자는 말을 다른 데로 돌리거나 때로는 한발 더 나아가기도 한다.

"그럼 어떤 분과 함께 살고 싶으세요?"

"다시 태어나면 난 시집 같은 거 안 갈 거야!"

"아니, 그럼 어떻게 사시려고요?"

"옛날이라 여자는 다 시집을 가야 된다고 생각해서 그렇게 살았지만 다시 태어나면 절대로 시집 같은 거 안 갈 거야. 그냥 나 혼자 여기저기 떠돌아다니면서 훨훨 자유롭게 살 거야."

"자제분들은 어떡하고요? 어머님, 자제분들 다 키우셨으니까 지금 이렇게 행복하신 거 아니에요?"

남편 흉은 자유자재로 봤지만 자녀 문제만은 아직도 걸린다. 하지만 그것도 잠깐, 제가끔 잘 사는데 늙은 엄마가 무슨 소리를 못할까.

"지나간 세월이 억울해서 그래. 하이고, 지지리도 고생하고 살았어."

이렇게 말로 풀어 놓고 보니 진지한 내용이 마치 〈인간극장〉을 대화로 엮은 것 같다. 그런데 문제는 이런 진지한 이야기들이 마치 〈개그콘서트〉처럼 펼쳐진다는 데 있다. 모든 출연자의 인생은 그저 재미있는 말장난 소재로 사용된다.

나는 궁금하다. 프로그램이 진행되는 시간 내내 넘쳐흐르는 저 웃음은 제작자에 의해 유도된 것일까, 아니면 자발적으로 분출된 것일까. 청중의 다수를 차지하는 마을 여성들은 누가 말하든 나오는 대답 한 마디 한 마디에 까르르 넘어간다. 남편하고 살고 싶지 않다고 해도 까르르, 다시는 시집 안 간다고 해도 까르르, 심지어는 집을 나갔었다는 말에도 까르르, 남편이 폭력을 휘둘렀다고 해도 까르르, 남편의 외도 상대를 찾아가 머리채를 휘어잡았다는 말에도 까르르.

지나간 인생은 모두 아름답기 때문일까. 모든 인생은 해피엔딩이기 때문일까. 마지막으로 진행자는 늙은 아내 옆에 꿔다 놓은 보릿자루처럼 서 있던 늙은 남편을 야단치듯 유도한다. 마나님에게 "그동안 미안했어, 앞으로 잘할게, 사랑해"라고 말하라고. 남편은 착한 유치원생처럼 서툴게 따라 한다. 까르르, 짝짝짝. 아직 끝이 아니다. 판에 박힌 주문이 이어진다. 두 분이 끌어안고 뽀뽀하라고. 착한 유치원생들은 어색한 폼으로 주문에 따른다. 까르르까르르, 짝짝짝. 조그만 마을에 행복이 넘친다.

인생은 그렇게 즐거운 것이다. 참고 살다 보면 어느 날 행복이 찾아오는 것이다. 그러니 젊은 날 고생 좀 했다고 해서 인상 쓸 거 없다. 평생을 주사와 폭력에 시달려도 남자는 으레 그러려니 받아 주어야 한다. 늙으면 남는 건 부부뿐이니까. 이게 프로그램이 시청자에게 전하는 메시지인가 보다.

하지만 그런 억지스러운 메시지보다 프로그램은 가끔 엉뚱한 곳에서 참신한 메시지를 전한다. 나이든 여성들이 정말 행복해 보일 때가 따로 있다. 비슷한 나이에 남편과 사별하고 함께 늙어 가는 동네 친구와 함께 나왔을 때다. 마치 어린 소녀들처럼 서로 손을 꼭 잡은 모습이 그렇게 보기 좋을 수가 없다. 해맑은 표정만큼이나 패션도 닮은 그들에게선 말 그대로 즐거운 인생이 숨길 수 없이 드러난다.

...

동경 유람단

닷새 동안 일본에 다녀왔다. 일 꾸미기에 있어서 달인의 경지에 오른 조한혜정 교수는 이번 여행에 '동경 유람단'이라는 고전적이면서도 쌈박한 이름을 붙여 친구들을 홀렸다. 새로운 공동체 모델들도 둘러보고 짬짬이 온천도 즐기자는 제안은 이 정신없이 굴러가는 5월에 얼마나 매력적인 유혹인가.

몇 번의 이메일 왕래 끝에 좀처럼 모이기 어려운 일곱명의 여성들이 도쿄대학 외국인 숙소에서 만났다. 순전히 개인 차원의 호기심에서 시간과 돈을 투자하는 번개 여행이었다. 테마가 테마인지라 나이는 어슷비슷했다.

하지만 기대는 늘 그렇듯 깨지게 마련이다. 유람단은 듣기에 매우 좋은 말이었을 뿐, 닷새 동안 우리는 마치 극기 훈련을 하듯 볶아치는 일정을 치러 내야만 했다. 지하철과 택시를 원 없이 갈아타며 도쿄 일대를 누비면서 여러 형태의 공동주택과 노인 복지시설을 찾아다니느라 발이 다 부르텄다.

게다가 택시도 지하철도 눈알이 튀어나올 정도로 비쌌다. 차비를 확인할 때마다 우리는 대한민국이 대중교통의 왕국이라는 사실을 번번이 상기했다.

마지막 날 도모 다치무라라는 라이프 하우스의 자그만 노천 온천탕에 몸을 담그고 어릴 적 뇌세포에 각인되었던 개구리 울음소리를 질리도록 듣지 못했다면, 이번 유람은 그저 또 하나의 빡빡한 강행군으로 기억되었을 것 같다.

물론 모든 여행이 그렇듯 이번에도 만남에서 오는 감동은 컸다. 도쿄대학의 우에노 교수, 릿쿄대학의 쇼지 교수는 순전히 자매애 하나로 우리 일행을 정성껏 안내했다. 또 통역을 맡았던 젊은 여성 유학생들, 모두들 어쩌면 그리도 똑똑하고 예의 바르고 예쁘던지. 그들을 보면서 나는 우리나라의 미래에 대해 평소에 견지하고 있던 낙관적 전망을 거듭 확인했다. 그래, 우리나라는 잘될 거야, 아무렴.

그럼에도 유람을 마치고 돌아오는 길의 내 마음은 뭐라 형언할 수 없을 정도로 착잡하기만 했다. 앞으로 어떻게 살아야 할 것인가, 다른 말로 바꾸면 과연 어떻게 죽을 것인가에 대한 그림이 불투명했기 때문이다. 나 개인의 앞날도 막막했지만 우리 사회의 앞날도 암울하게 다가왔다.

고령화 사회가 미래 사회의 최대 재앙이라는 말은 예상이 아니라 이미 현실이라는 걸 모두가 실감하고 있다. 특히 노년의 입구에 서 있는 예순 언저리의 우리 세대는 마치 자신들 때문에 재앙이 더 빨리 덮치는 것 같아 두려움과 더불어 일종의 죄책감까지 느끼는 중이다.

그래도 일본을 보면 무언가 실마리가 보일지도 모른다고 은근히 기대하며 떠난 여행이었다. 우리보다 한발 앞서서 고령화 사회를 맞았으니 매사에 빈틈없는 걸로 정평이 난 그들의 경험을 빌려 오면 우리로선 조금이나마 덕을 볼 수 있지 않을까 기대했다. 어쩌면 아직 본격적인 고령화 사회를 겪지 않았기 때문에 지레 두려움이 클 수도 있으니까.

하지만 정작 일본의 현실 속으로 들어가 보니 오히려 더 암담해진 기분이었다. 한마디로, 일본은 이미 너무 늙어 있었고, 그들의 대응은 늙어 가는 속도에 비해 턱없이 더딘 것처럼 보였다. 앞질러 가기는커녕 뒤쫓아 가기에도 허덕대는 품새였다. 온 나라가 희망 없는 뒤처리에 막대한 에너지를 쏟아붓는 모습을 발견했다고나 할까. 나 같은 미래학의 문외한에게도 일본이 잃어버린 것은 지난 10년이 아니라 앞으로의 백 년이 될지도 모른다는 불길한 예감이 들었다.

나만의 착각일까. 일본은 내가 처음 방문했던 90년대 초에 비해 전체적인 인상부터 부쩍 늙어 보였다. 늙어 가는 나라가 아니라 이미 늙어 버린 나라였다. 지하철을 타면 우리나라는 아직 젊은이들 속에 노인들이 섞여 있는 것처럼 보이는데 일본은 거꾸로인 것 같았다. 길거리에 적어도 여든은 넘겼을 수많은 조그만 몸들이 조용히 어디론가를 향해 움직이고 있었다. 넘치는 노인의 물결 속을 헤집고 다니다 보니 닷새 동안 난 내 나이를 까맣게 잊을 정도였다.

여러 시설을 방문한 결과를 한마디로 줄이자면, 지금 일본의 노인들은 우리나라 노인들에 비하면 분명 호강을 누리고 있다. 조촐하건 화려하건 간에 제도의 지원을 받으며 죽을 때까지 사회의 보살핌을 받고 있다. 어떤 곳은 130평이나 되는 쾌적한 공간에서 불과 아홉 명의 노인이 수십 명이나 되는 젊은이들의 세심한 도움을 받으며 아주 편안하게 생활하고 있었다. 밥을 먹여 주고 함께 놀아 주는 젊은이들은 대학에서 사회복지학을 전공한 전문 인력으로 꽤 높은 임금을 받는다고 했다.

그런데 난 그 노인들이 부럽다는 생각이 드는 게 아니라 이런 생활을 지탱해 주기 위해서 애쓰고 있는 뒤 세대에 관심이 기울었다. 저출산으로 젊은이의 수가 점점 줄어들면 나중엔 과연 누가 노인들을 보살피게 될까. 지금은 백 살 노인을 청년들이 보살피고 있지만 나중엔 중년층이, 그다음엔 노년층이 맡을 수밖에 없을 것이다.

그리고 이렇게 노인들만 따로 모아 보살피는 게 최선의 방법인지, 그것도 해답이 나오지 않았다. 지금 생각으로는 만약 내가 더 늙어 이런 시설에서 날마다 내 또래 얼굴만 보고 산다면 하루하루가 참 지루하고 답답할 것 같다. 차라리 치매에 걸려 아무것도 모르는 상태라면 몰라도.

일부에서 새로운 대안으로 떠오르고 있는 공동주택을 세 차례에 걸쳐 견학한 건 그런 의미에서 신선한 경험이었다. 각각 시내와 시외에 위치한 두 통합형 공동주택은 다양한 연령대의 입주자들이 모여 살면서 식사도 때로는 따로 먹고 때로는 공동식당을 이용했다. 아이들과 노인들이 섞여서 사는 모습이 퍽 보기 좋았다. 반면 일종의 실버주택인 시내의 한 공동주택은 가족 없는 노인들이 모여 공동으로 텃밭도 가꾸고 취사도 하는 형태였다. 입주 자격엔 남녀 구별이 없지만 여성이 압도적으로 많았다. 어느 곳이나 여자들이 남자들보다 더 오래 산다.

하지만 이런 주택도 기운이 아직 남아 있을 때나 소용 있지, 아주 나이든 노인들에겐 무용지물이다. 비용이 많이 드는 의료 시설까지 갖출 순 없기 때문이다. 병이 들면 결국 요양 시설로 들어가 거기서 생을 마감한다.

돌아오는 길, 해답을 못 찾은 내 머릿속은 온통 회색빛으로 헝클어졌다. 앞으로 20년 후의 내 모습이 그려지질 않았다. 아니, 솔직하게 말하면 20년 후를 그리고 싶지 않았다. 터무니없는 욕심을 부린다고 흉봐도 할 수 없지만 친구들 말대로 '더도 덜도 말고 딱 이대로만 있으면' 좋겠다. 이대로 살다가 한 일주일 앓으면서 가족들에게 작별 인사를 하고 떠날 수 있다면 얼마나 행복할까.

공항에서 내 옆에 앉아 있던 조한혜정 교수의 얼굴, 20년 이상 지켜보아 온, 언제나 젊어 보였던, 그러나 이제는 꼼짝없이 나이듦을 느끼게 하는 얼굴을 민망할 정도로 빤히 들여다보던 내 입에서는 뜬금없이 이런 말이 튀어나왔다.

"우리, 너무 오래 살지 마요."

4장

살면서 저절로
얻어지는 건 없다

...

명랑 투병

"몸도 힘들지만 마음이 더 힘들어."

요 몇 달간 몸이 안 좋아 힘든 시간을 보내고 있는 친구의 하소연이다. 도대체 가족이 자신을 보살피려 들지 않는다는 것. 아니, 한술 더 떠서 모른 척한다는 것이다. 하나밖에 없는 남편도, 하나밖에 없는 아들도 집에 돌아오면 자기와 눈을 맞추려 하지 않는 것 같단다.

아픈 것도 아픈 거지만 가족이 괘씸하고 서럽다고 마구 흉을 쏟아 내는 친구는 평소 가족이나 남에 대한 이해와 배려에서 타의 추종을 불허하는 사람이다. 몇 해 전 남편이 아팠을 때 그 친구가 보여 준 지극한 정성은 가히 하늘도 감동시킬 만한 것이었다.

친구는 말한다. 남편이나 아들의 그런 태도를 이해 못하는 건 아니다. 항상 자신들을 보살펴 주며 꽃처럼 방긋방긋 웃던 사람이 어느 날 갑자기 무기력하고 침울한 사람으로 변했으니 그런 상황이 얼마나 낯설고 당혹스럽겠느냐. '긴병에 효자 없다'는 옛말도 있듯 집안에 아픈 사람이 있으면 짜증나는 건 이해하고도 남는다. 그렇지만 아픈 사람으로서 가장 가까운 사람으로부터 보살핌을 받지 못하니 서러움이 앞서는 건 당연한 현상이 아니겠느냐고 친구는 되물었다.

우리의 대화는 결국 "그러니까 여자는 아프면 안 돼, 아픈 사람만 서러워, 우리 앞으로는 절대로 아프지 말자"라는 서글픈 다짐으로 끝났다. 마치 다짐만 굳건히 하면 앞으로 영원히 아플 일이 없을 것처럼.

수화기를 내려놓고도 서글픈 기분은 쉬이 사라지지 않았다. 오래전 내가 아팠을 때의 씁쓸했던 기억이 되살아난 탓이었다. 수술을 받기 전 두어 달 동안 나는 저녁 무렵이면 기력이 다 닳아 버린 상태로 소파에 널브러져 있기 일 쑤였다. 밥때가 되어도 좀처럼 일어나지 못할 때가 많았다. 난 혹시라도 남편이 저녁을 마련해 주길 기다렸다.

그러나 집에 돌아온 남편이 내게 해 준 일은 '밥을 재촉하지 않고 가만히 기다려 주는 일'이 전부였다. 참다못한 내가 마구 짜증을 부리기 전까지는 라면을 끓이든지 짜장면을 시키든지 아니면 샌드위치를 사 오든지 적극적으로 저녁을 해결할 행동을 취하지 않았다. 몇십 년 동안 아내의 서비스를 받아 오기만 한 남편으로선 자신이 아내에게 서비스를 한다는 게 영 낯선 일이었던 것이다.

나는 그때 많이 화가 났고 또 서글펐다. 배려를 할 줄 모르는 남편이 답답해서도 그랬지만 마음 한구석에는 남편에게 제때 밥을 차려 주지 못해 미안하다는 마음이 여전히 살아 있었기 때문이다.

그때 만약 나 대신 남편이 아팠다면 상황은 백팔십 도 달랐을 것이다. 별로 살갑지 않은 아내이긴 하지만 아마 나는 모든 일을 팽개치고 남편 간호에 매달렸을 게 분명하다. 그러니 누구든지 아프면 서럽지만 여자의 서러움은 훨씬 크다.

　모름지기 아내는 아프면 안 된다. 물론 아내를 극진히 보살피는 남편의 이야기도 없는 건 아니지만 그런 사례가 이야깃거리가 된다는 것 자체가 뜻하는 게 무얼까.

　하기야 우리만 그런 것도 아니다. 얼마 전 미국의 한 연구에 따르면 부부 한쪽이 암 같은 큰 병을 앓을 경우 그 곁을 떠나지 않고 간병하는 비율이 아내의 경우는 70퍼센트인 반면 남편은 30퍼센트에 불과하다는 발표가 있었다. 재미있는 건 그 원인에 대한 분석인데 남자들은 성적인 접근이 차단되면 아내를 떠난다나 뭐라나. 내 짐작으로는 우리나라 남자들은 성적 불만보다 생활의 불편 때문에 못 참을 것 같지만.

　아무튼 나는 그때, 죽으면 죽었지 아프지는 말아야겠다는 각오를 다졌다. 그리고 아프기 전에 죽기를 간절히 소망하게 되었다. 그러기 위해선 전제가 있다. 너무 오래 살지 말 일이다. 솔직히 오래 사는 건 젊은이들이 상상하는 것처럼 그리 나쁘지 않은 일이다. 다만 몸이 아픈 상태로 목숨만 길어지지 않을까, 그게 두려운 것이다.

아프면 본인만 괴롭고 서러운 게 아니다. 주변 사람들 모두 괴롭다. 가족 중 하나가 아프면 온 가족이 흔들린다. 서로 사랑하는 줄 알았던 사람들이 미워하게 되는 건 순식 간이다.

시어머니와 친정어머니 두 분 모두 오래 앓다 돌아가 셨다. 시어머니는 중풍으로 13년 동안이나 자리에 누워 계 셨다. 워낙 자존심이 세고 깔끔하신 분이라 처음엔 당신 의 상황을 받아들이지 못해 괴로워하셨다. 그 괴로움을 위 로할 말을 찾지 못해 자식들도 괴로웠다. 그중에서도 가장 괴로움을 겪은 가족은 말할 것도 없이 12년이란 시간을 집 에 모시면서 수발을 도맡아야 했던 큰며느리였다.

전에도 가족 모임이 늘 즐겁기만 한 것은 아니었지만 시어머니가 앓아누우신 후부터는 가족 모임에서 웃음소리 가 점점 잦아들었다. 세배를 받을 때마다 시어머니의 입에 서 나오는 덕담은 "그저 건강해라, 몸이 제일이다" 오직 이 한 가지였는데 그 울림이 어찌나 절절하던지 새해 첫날의 분위기는 숙연하기 짝이 없었다.

친정어머니는 말년을 당뇨 합병증으로 고생하셨다. 눈

도 어두워진 데다 신장도 망가져서 혈액투석을 받아야 했다. 일생 못 말릴 낙천성을 자랑하셨던 분이지만 말년의 고통은 묵묵히 견뎌 내기엔 지나치게 무거운 짐이었다. 어머니는 나만 가면 "어디서 끄내끼(끈) 좀 찾아다 줘, 목매 죽게"라고 보채셨다. "끈 갖다 주면 목매달 힘은 있어요?" 라고 쏘아붙이곤 했지만 그 말씀 듣기가 점점 괴로워져 발길이 자꾸 뜸해졌다. 오빠에게 떠맡긴 채.

두 분 다 일생을 오직 자식 사랑으로 사신 분이었다. 하지만 오래 아프신 탓에 본의 아니게 자식들을 괴롭히고 가셨다. 또 오래 누워 계시면서 자식들 때문에 섭섭했던 일은 얼마나 많았을까. 그러니 가시는 발걸음이 얼마나 무거웠을까.

아프지 말고 죽기는 모든 이의 염원이다. 그래서 사람들은 나이가 들어 갈수록 건강에 신경을 쓴다. 죽어라 운동하고, 몸에 좋다는 건 뭐든지 찾아 먹는다. 건강이 제일의 관심사가 되다 보니 누구를 만나도 화제는 온통 건강 정보뿐이다.

그러다 보니 자식들을 만나서도 화제는 딱 하나다. 그

저 몸 이야기뿐이다. 어젯밤에 잠을 잘 못 잤다느니 어떻다느니, 요즘 소화가 잘 안된다느니 어떻다느니, 눈이 침침하다느니 어떻다느니, 무릎이 시큰거린다느니 어떻다느니. 사대육신 오장육부에 나타나는 천만 가지 증상을 시시콜콜하게 떠벌린다. 얘기에 몰두하다 보면 밥상 앞에서도 변 색깔이 이러니저러니 하고 열을 올린다. 자식들, 손주들 기색은 아랑곳없다.

딸이라면 엄살 좀 작작 부리라고 쏘아붙일 수도 있지만 며느리는 듣기 싫어도 다소곳이 들을 수밖에 없다. 하지만 참는다고 속내를 숨길 수 없기 마련, 중대사를 중대사로 받아들이지 않고 시큰둥한 반응을 보이는 자식들 때문에 부모는 또 한 번 상처를 입는다. 결국 부모도 자식도 만날 때마다 섭섭함만 차곡차곡 쌓여 간다.

내가 들은 이야기로는 며느리들이 시부모를 만나기 싫어하는 가장 큰 이유 중 하나가 바로 만나기만 하면 아프다고 징징대서 지겹기 때문이라는 것이다. 큰 병이라면 또 모르겠는데 나이들면 누구나 겪는 소소한 증상들을 침소봉대해서 엄살을 떨어 대니 아무리 부모라 해도 누가 자주 만나고 싶겠냐고들 한다.

그러니 나이든 사람들은 아프지 말고 죽자는 따위의 헛된 다짐을 할 게 아니라 아파도 징징대지 말자는 현실적인 다짐을 하는 것이 훨씬 현명한 노릇이다. 아픈 건 내 뜻대로 할 수 없는 일이지만 징징대지 않는 건 얼마든지 뜻대로 할 수 있는 일이니까.

누가 자식들한테 병원비 대라고 했냐, 그냥 들어만 달라는 거지 하며 억지 쓰지 말자. 나이들면 이곳저곳 아픈 데가 늘어날 텐데 그때마다 시시콜콜히 보고해 봤자 피차 괴로움만 쌓여 갈 게 뻔하다.

그래, 친구야, 우리 아파도 서러워하지 말자. 아파도 명랑하게 투병하기로 했다는 이해인 수녀님을 본받아서.

...

나이드니까,
글쎄

나이드니까, 글쎄, 요즘 젊은 탤런트들 얼굴이 어쩌면 그렇게 다 똑같아 보이는지 모르겠어. 나오는 애들마다 하나같이 코는 오똑하고 입술은 도톰한 게 붕어빵 같으니 말이야. 이름? 알면 뭐해. 들어 봤자 금방 잊어버릴 텐데 뭐. 그런데 참 요상하지. 예전에는 여자애들만 그런 줄 알았는데 요즘 보니 남자애들도 다 똑같더라고. 하나같이 야리야리하니 계집애처럼 예쁘장한 게, 도무지 남자답게 생긴 애들이 없어. 옛날엔 안 그랬잖아. 다 다르게 생겼었는데. 최불암이니 이순재니 얼마나 다들 개성 있게 생겼어?

나이드니까, 글쎄, 노래도 귀에 들어오질 않아. 요즘은 왜들 그렇게 똑같은 애들이 무더기로 나와 똑같은 노래를 부르는지. 젊은 애들은 잘도 구별하던데 내 귀엔 다 똑같이 보이고 똑같이 들리니, 원. 게다가 영어는 왜 그렇게 많이 쓰는지 몰라. 노바디 노바디니 쏘리 쏘리까진 그래도 귀에 들어오던데 그 외엔 당최 무슨 말인지. 글로벌 시대라 그런가. 하긴 우리말도 귀에 잘 안 들어오니까. 그런데 더 헷갈리는 건 뭐가 가수 이름이고 뭐가 노래 제목인지 구별이 안 돼. 자막 글씨도 너무 작은 데다가 후딱 지나가 버리니 말이야. 가수들이 노래하러 나온 건지 춤추러 나온 건지도 모르겠고. 또 춤은 그렇다 치고 왜들 그렇게 거의 벗고 나오는지.

나이드니까, 글쎄, 신문도 못 보겠어. 활자가 어른거려서 금방 어지러워지는 거 있지. 작년에 양쪽 눈 다 백내장 수술을 받았는데도 그래. 뭐, 늙을수록 인터넷과 가까이하라고? 그래야 세상으로부터 소외당하지 않는다고? 참 팔자 편한 말씀이지. 10분만 들여다봐도 눈이 빠질 것 같던

데 어떻게 가까이해? 책은 글씨가 너무 작아서 못 보겠고, 그러니 라디오나 들을 수밖에 없는데 어디 들을 만한 게 있어야지. 남자나 여자나 왜들 그리 수다들을 떨어 대? 노래나 많이 틀어 주면 좀 좋아? 듣는 사람은 안중에도 없이 자기들끼리 별 시시껍적한 이야길 갖고 낄낄거리고.

나이드니까, 글쎄, 전화 소리가 잘 안 들린다니까. 애들이 뭐라 뭐라 하는데 무슨 말인지 당최 못 알아듣겠어. 집에 오겠다는 건지, 못 오겠다는 건지. 오늘 오겠다는 건지, 일요일에 오겠다는 건지. 자꾸 되물으면 왜 그렇게 말을 못 알아듣느냐면서 자기들이 되레 짜증을 내. 그래서 요즘은 그냥 대충 넘겨짚어. 전화 건 거 보면 오늘 온다는 얘기겠지 뭐. 또 오늘 오면 어떻고 일요일에 오면 어때? 어느 날이고 오기만 하면 되지 뭐.

나이드니까, 글쎄, 혓바닥도 같이 늙어 가는지 음식 맛을 잘 모르겠어. 내 딴에는 최대한 싱겁게 끓였는데 애들은 너무 짜다고 난리야. 간장을 반만 넣었는데도 그렇대.

콩나물도 맛없다, 김치도 맛없다, 엄마 솜씨가 왜 이렇게 형편없어졌냐고 타박들이야. 남편은 아무 소리도 않는데 말이야. 그러고 보니 그 양반도 맛있어서 아무 소리 안 한 게 아니라 맛을 못 느껴서 그랬나 봐.

나이드니까, 글쎄, 그 좋아하던 커피도 마음대로 못 먹네? 전에는 하루에 대여섯 잔씩 마셔도 끄떡없었잖아. 게다가 한밤중에 마시면 몸이 따뜻해져서 잠이 더 잘 왔지. 그런데 이젠 오후 3시 이후에 마시면 밤을 꼴딱 새워야 되는 거야. 처음엔 몰랐지. 그 잘 자던 잠을 왜 못 자게 됐나… 곰곰이 생각해 보니 그날 오후에 커피를 마셨던 거야. 어김없다니까. 요즘엔 녹차를 마셔도 그래. 그러니 사는 게 점점 재미가 없어질밖에.

나이드니까, 글쎄, 물도 맘 놓고 마시면 안 되겠더라고. 자꾸 오줌이 마려워서. 의사들 말로는 나이들수록 목마른 걸 잘 못 느끼니까 수시로 물을 마셔 주라고 하는데 천만의 말씀이지. 좀 마셨다 하는 날에는 외출하기가 겁난다니까. 나이들면 땀을 덜 흘려서 그런 모양이야. 어디 놀러 가서도 화장실부터 확인해야 안심이 되니 그거 참…. 그건 그렇고 우리나라 화장실 정말 깨끗해졌어. 그거 하나는 아주 맘에 들어.

나이드니까, 글쎄, 바닥에 앉는 게 점점 싫어져. 식당도 의자가 있는 집이 좋아. 나이든 사람은 무조건 방바닥에 앉아서 먹는 걸 좋아한다고 생각하는데 큰 오산이지. 나이들면 대부분 다리도 안 좋고 허리도 안 좋아진다는 걸 몰라서 그래. 책상다리를 해도 불편하고 상 밑으로 다리를 뻗어도 불편해. 한 번 앉았다 일어날 때마다 끙끙 소리가 저절로 나온다니까. 옛날 사람들은 도대체 어떻게 살았나 몰라.

나이드니까, 글쎄, 먹고 싶은 게 자꾸 줄어들어. 양식은 쳐다보기도 싫고 중국 요리도 점점 싫어져. 한때는 한정식이 괜찮았지. 집에서 만들기 귀찮은 것들을 고루고루 먹을 수 있었으니까. 지금은 그게 그 맛이야. 괜히 배만 부르고.

그나마 일식이 깔끔하긴 한데 원체 비싸서 자주 먹을 수가 있나. 그것도 자주 먹으면 금방 싫증 날 거야. 요즘은 칼국수나 냉면이 그중 나아. 물론 잘하는 집에서 먹어야지. 아니면 조미료 맛이니까. 그저 집에서 그냥 물에 밥 말아서 깍두기하고 먹는 게 제일이야. 영양실조 걸리기 딱 좋다고? 가끔 달걀이나 삶아 먹으면 되지 뭘.

나이드니까, 글쎄, 옷도 가벼운 것만 찾아 입게 돼. 조금만 무거운 걸 입으면 하루 종일 어깨가 뻐근하다니까. 새 옷을 사고 싶어서 사는 게 아니라 옛날 옷들이 다들 너무 무겁거든. 암만 비싸고 좋은 옷이면 뭐해, 사람이 옷에 눌려서 죽겠는걸. 요즘 옷들은 정말 잘 만드는 것 같아. 지난겨울엔 그 거위털 잠바만 입었다니까. 안 입은 거보다 더 가벼워. 게다가 얼마나 따뜻한지. 품위 없어 보이면 뭐 어때? 내가 편하면 그게 최고지. 이 나이에 남의 눈이 무슨 상관이야.

나이드니까, 글쎄, 층계만 보면 겁이 나. 지하철이 좋기는 한데 그놈의 계단이 웬수야. 올라갈 때는 무릎이 아프면 어쩌나 걱정이 앞서고, 내려갈 때는 혹시 발을 헛디뎌서 굴러떨어질까 봐 무서워. 또 아무리 조심해도 젊은 사람들한테 떠밀려 넘어질 수도 있으니 사람이 많을 때는 꼭 난간 쪽으로 붙어 서야 해. 나이들어서 한번 부러진 뼈는 다음에도 계속 부러지기 쉽다니까 매사 조심이 제일이지, 별수 있어?

나이드니까, 글쎄, 곰보다 여우가 훨씬 좋아. 우리 어렸을 때는 말 많은 사람은 경박하다고 했잖아? 진실성도 없고. 말이 없고 묵직한 사람을 훨씬 높이 쳐줬지. 나이드니까 생각이 바뀌더라고. 아무리 진실해도 무뚝뚝한 사람은 싫어. 도대체 속으로 무슨 생각을 하는지 모르겠는 사람은 불편해. 자기 얘기만 너무 많이 늘어놓는 것도 싫지만 자기 얘긴 하나도 안 하고 듣기만 하는 것도 싫어. 뭐니 뭐니 해도 만나면 재미있는 사람이 제일 좋아. 장사꾼도 그래. 손님이 와도 웃지도 않고 화난 표정을 짓고 있으면 사고 싶은 마음이 싹 사라져.

나이드니까, 글쎄, 날씨에 따라서 몸 상태가 금방금방 달라져. 날씨가 을씨년스러운 날은 몸도 하루 종일 찌뿌드드하다니까? 장마철은 그냥 죽음이지 뭐. 정신력으로 극복할 수 있는 것도 젊을 때 이야기지, 나이들면 몸뚱이가 자연의 일부라는 사실을 절감한다고. 눈도 싫고 비도 싫고, 추위도 싫고 더위도 싫고, 그저 사시사철 5월이나 9월 같은 날씨만 있었으면 좋겠어. 그런데 요즘엔 봄, 가을이 사라지고 여름, 겨울만 있는 것 같아. 덥다 덥다 하다가 금방 춥다 춥다 하게 되니.

나이드니까, 글쎄, 마음과 몸이 따로 놀아. 손주들이 놀러 오면 그렇게 반갑고 행복한데 세 시간만 지나면 몸이 피곤해지는 거 있지. 아무 일도 안 하고 소파에 앉아서 그저 손주들 노는 것만 바라보는데도 그래. 그러니 아이들이 간다고 일어서면 빈말로라도 더 놀다 가라는 말이 안 나오지. 현관문을 나서는 아이들의 뒷모습이 그렇게 예쁠 수가 없어. 이런 속마음을 알면 아이들이 정말 서운할 거야.

회갑이 가져다준
선물

결혼한 지 꼭 한 달 후, 시어머니의 회갑을 맞았다. 친정 부모님이 아직 쉰이 안 되신 데다가 유난히 젊어 보였기 때문에, 나에게 회갑이란 말은 듣기만 해도 참으로 아득하게 여겨지는 나이였다. 회갑까지 사시다니 정말 대단하다 싶기도 했다.

당시만 해도 회갑연은 큰 잔치였다. 자식들이 얼마나 호화로운 잔치를 열어 드리느냐에 따라 부모님의 위상이 오르내렸다. 서울 교외, 특히 화계사 주변에는 회갑연을 전문으로 하는 음식점들이 즐비했다. 남편이 워낙 형님들과 나이 차이가 많이 나는 바람에 우리는 회갑연을 준비하는 가족회의에서도 제외되었다. 두 아주버님과 동서들은 일반적인 잔치보다 좀 세련된 형태를 택해 시내의 유명한 중국집에서 잔치를 열기로 결정했다.

그때는 시어머니 회갑이라면 회사에서도 공식적으로 하루 휴가를 주고 약간의 경조금이 나왔다(친정 쪽으로는 해당되지 않았다!). 잔치는 호사스러웠고 가까운 친척과 친지만으로도 손님들이 넘쳐 났다. 벌써 오래전 이야기라 기억이 가물거리기는 하지만 아마 풍악패도 불렀던 것 같다. 자식들은 모두 한복을 갖춰 입고 큰절을 올렸다. 경비는 두 형님이 마련했고 우리는 겨우 금 두 돈쯤 정도를 드렸다. 하지만 그것도 단칸방의 신혼부부에겐 버거운 선물이었다.

워낙 신수가 훤하신 시어머니는 마치 영화 속의 대비마마처럼 위풍당당한 모습으로 자손들의 절을 받으셨다. 큰 잔치에 정말 잘 어울리는 인물이셨다. 우리의 결혼 전부터 시어머니는 극심한 신경통으로 거동이 힘드셨기 때문에 난 속으로 이제 이렇게 회갑 잔치까지 찾아 잡수셨으니 얼마 안 있으면 돌아가실 거라고 믿어 의심치 않았다. 그도 그럴 것이 당시 우리나라 사람의 평균수명은 예순 살을 갓 넘기지 않았는가.

하지만 그보다 10년이 조금 더 지나서 우리 아버지가 회갑을 맞으셨을 때는 회갑 잔치라는 말도 못 꺼낼 만큼 세상이 달라져 버렸다. 한 살 차이인 부모님은 입을 모아 잔치 따위는 필요 없고 여행이나 가겠으니 선물할 생각이 있으면 돈으로 달라 하셨고, 우리 형제들은 그 뜻을 따랐다. 하지만 그냥 지나치자니 섭섭해서 아버지 회갑 날에는 온 식구가 선정릉에 가서 고기를 구워 먹었다. 어머니 때도 간소하게 지냈다. 온 식구가 난생처음으로 호텔 뷔페에 몰려가서 배 터지게 먹는 것으로 회갑 잔치를 대신했다.

아무튼 두 분은 회갑연을 안 차려 드려도 죄송하지 않을 만큼 젊어 보이셨다. 그런데 그토록 기골이 장대하던 아버지는 칠순이 가까워지면서 갑자기 폭삭 늙으셨다. 오랜 당뇨였음에도 자신의 체력에 대해 터무니없을 정도로 자신만만해하면서 관리를 소홀히 하신 결과였다. 반면 내장기관이 튼튼하셨던 시어머니는 79세에 뇌경색으로 쓰러지실 때까지 오히려 나날이 건강해지셨다.

우리 세대의 회갑은 부모 세대에 비하면 말하기조차 민망스럽다. 그래도 육십갑자가 한 바퀴 돌아 갑#으로 되돌아온 만큼 아주 모른 척할 수는 없기에 평상시 생일과는 조금 다른 정도의 의미를 부여할 뿐이다. 하지만 어디나 있는 세대차는 여기서도 나타난다. 본인들은 자식들에게 아무런 요구도 안 하는데 자식들은 뭔가 해 드려야 한다는 부담을 느끼는 것 같다. 하긴 부모가 아무리 젊은 척해 봤자 그건 어디까지나 부모의 생각이다. 20, 30대가 보기에 60이란 나이는 어마어마하게 보이겠지. 나도 그랬으니까. 그래서 남편 회갑 때는 친정 쪽 식구들을 불러 모처럼 회식을 했다. 장소는 당시 남편과 함께 가끔 가던 명동성당 앞의 인도 음식점.

그럼 시집 쪽 식구들은 어떻게 했냐고? 솔직히 시집 쪽으로는 남편 회갑이니 모여서 식사나 같이 하자는 말이 자연스레 나올 상황이 아니었다. 열 살이나 위인 멀리 사는 큰시누, 바로 얼마 전 혼자된 아주버님, 그리고 암에 걸려 투병 중인 둘째 동서에게 어린(?) 동생이 이제 회갑을 맞았

으니 어른들께서 축하해 주러 오시라는 말을 어찌 쉽게 할
수 있겠는가. 게다가 막내 시누 남편도 동갑인데 아무 소
리 없이 지나간 터였다. 반면에 친정 쪽으로는 남편이 형
제들 중에서 제일 먼저 회갑을 맞는 순서이니 이참에 집안
의 전례를 만들어 놓는 게 좋겠다는 내 나름의 의도도 작
용했다. 예상도 안 했는데 형제들이 돈을 모아 열 돈이나
되는 황금 열쇠를 선물하는 바람에 영 미안하게 되었지만,
그거야 다음에 갚으면 되는 거였다.

　　그러나 나의 의도와는 달리 친정 쪽 회갑 모임은 그걸
로 끝이었다. 그다음 회갑 순서는 오빠였는데 바로 이듬해
가 회갑인 오빠는 가족 모임을 마련하지 않았다. 표면적으
로는 먹고살기 힘들다는 것이 그 이유였다. 그러면서 토를
달았다. 도대체 회갑이 뭐기에 그 야단이냐고. 자기는 오래
오래 살 거니까 나중에 아주 늦어서나 생일을 챙겨 먹겠노
라고. 우리 형제들은 속으로 오빠가 너무 짠돌이라며 입을
삐죽거렸다. 물론 마음 한편에선 오빠가 미혼인 자녀들에
게 신경을 쓰는 모양이라고 이해했다. 그런 오빠가 2년 후
갑자기 세상을 떠났다. 예순두 번째 생일을 꼭 일주일 남

긴 한여름이었다.

바깥 날씨와 아무 상관 없이 에어컨이 빵빵 돌아가던 영안실 한구석, 오빠의 빈소에 앉아서 난 많이 후회했다. 이렇게 허망하게 갈 줄 알았으면 억지로라도 회갑을 챙겨 주었을 텐데. 큰누이동생이 되어 가지곤 하나밖에 없는 오빠의 회갑 모임을 마련해 주지 않았던 그 옹졸함을 참을 수가 없었다. 그 정도는 얼마든지 해 줄 수 있는 형편인데. 그러나 난 나보다 훨씬 건강하게 보이던 오빠가 예순을 갓 넘긴 나이에 그렇게 허망하게 갈 줄은 꿈에도 몰랐다.

바로 그해 섣달, 난 미국에서 회갑을 맞았다. 오빠가 죽고 나서 일주일 후 큰아들네 손자를 보러 간 길에 반년 동안이나 거기에 주저앉은 덕분이었다. 가족들에겐 되도록 내색을 하지 않으려고 했지만, 그 반년 동안 나는 많이 아팠다. 생전 처음 불면증에 시달렸고 우울증도 깊어졌다. 나도 모르는 사이, 오빠의 갑작스러운 죽음이 내 몸을 뒤흔들었던 것이다. 배 속 깊은 곳에서 무언가 불길한 조짐이 느껴졌다. 가족 속에서 완벽하게 외로웠다. 늘 추웠다.

가을이 깊어지면서 미국과 한국에 있는 자식들이 회갑

에 대해 말을 꺼낼 때마다 짜증부터 냈다. 그깟 회갑 갖고 왜들 그렇게 신경들 쓰느냐고. 오랜만에 본격적으로 다시 시작한 살림과 하루가 다르게 무럭무럭 크는 손자가 없었다면, 아마 내 발로 정신병원을 찾아갔을지도 모른다.

큰아들은 아이슬란드 여행을 보내 주겠다고 했지만 난 그곳까지 갈 기운도, 자신도 없었다. 조심스레 내 기분을 살피던 남편도 나의 계속되는 짜증에 질렸는지 마음대로 하라며 화를 냈다. 나도 나를 어쩔 수 없는 날들이었다. 그런데 내 생일을 이틀인가 앞두고 둘째가 필라델피아에서 공부하던 여자 친구를 만날 겸 보스턴에 들렀다. 그때 우린 엉뚱한 계획을 세웠다. 그곳에서 별로 멀지 않은 유명한 카지노 호텔에서 하룻밤을 묵자고. 그날 남편은 아내의 회갑 기념으로 몇백 달러를 카지노에 바쳤다.

그런데 아무것도 아닌 것 같았던 회갑은 아무것도 아닌 것이 아니었다. 신기하게도 카지노에서 밤을 보내고 돌아오자마자 마음이 급속하게 안정되기 시작했다. 잠도 잘 오고 배 속의 불길한 조짐도 잦아들었다. 무언가 큰 고비를 넘긴 기분이었다.

나 스스로가 대견스럽기까지 했다. 이 풍진 세상에서 그 온갖 위기를 넘기고 환갑을 넘겨 살다니 이건 기적이야. 남편도 아이들도 다 건강하고 착한 데다 튼튼한 손자까지 있잖아. 그뿐이랴. 남에게 아쉬운 소리 안 해도 될 만큼 살림도 폈잖아. 또 아직도 나를 필요로 하는 일들이 남아 있고. 도대체 더 바랄 게 뭐 있겠어. 이만하면 됐어. 아니, 이만하기만 해도 넘치지. 이 정도면 대단한 거야.

나는 앞으로 훨씬 여유롭고 재미있게 살 수 있으리라는 예감에 행복했다. 회갑이 준 선물이었다.

...

식탁은
가구가 아닙니다

다시, 봄이다. 봄이면 공연히 싱숭생숭해지던 것도 이
젠 옛날 얘기다. 싱숭생숭하다는 게 구체적으로 어떤 상태
인지조차 떠오르지 않는다. 봄은 종잡을 수 없는 날씨에
중국에서 날아온 황사로 하늘이 누렇게 변하는 계절일 뿐
이다.

그런데도 봄이 오면 달라지는 게 하나 있다. 아이들
이 집에 올 때마다 정리 좀 하고 살라느니 뭐라느니 들볶
아 대지만 내 눈에는 아무렇지 않던, 집 안 구석구석이 달
라 보이기 시작하는 것이다. 바로 어제까지만 해도 그러려

니 했던 집 안이 갑자기 너무 신산스러워 보이는 거다. 책장이니 소파 위니 눈에 띄는 곳마다 소복이 쌓여 있었지만 그동안 안 보이던 먼지가 갑자기 선명하게 보이기 시작한다. 선반마다 쌓아 놓은 책이며 잡동사니들도 갑자기 눈에 거슬리는가 하면, 벽지도 꾀죄죄하고 멀쩡하던 가구들도 갑자기 너무 추레해 보이기 시작한다. 아마도 옛날에 갈고 닦았다가 한동안 숨겨 두었던 주부 본능이 따뜻한 햇살과 더불어 꿈틀거리는가 보다.

오랜 경험상 정리를 잘한다는 것은 곧 버리기를 잘한다는 뜻임을 잘 알기 때문에, 봄만 되면 이번 봄엔 뭘 버릴까 집 안을 두리번거려 본다. 역시 책과 옷과 플라스틱 그릇. 이것들은 버려도 버려도 끝없이 쌓이는, 참 끈질긴 생명력을 지닌 괴물들이다. 또 어디 쓸데없이 자리만 차지하는 가구들이 없나 둘러보니, 이 집으로 이사 올 때 워낙 엄청 버렸기 때문인지 버릴 만한 것들이 눈에 안 띈다.

오히려 40년 결혼 생활 동안 명품 고가구는커녕 값싼 가구들이라도 아끼며 지녀 온 물건이 어쩌면 이렇게 하나도 없을까 싶다. 프로 주부는 아니더라도 주부 생활을 완전 파업한 건 아니었는데 주부로서의 내공을 느낄 수 있는 가구 하나쯤은 지니고 살아야 하는 건 아닐까, 느닷없이 자책감이 든다. 이 방 저 방 둘러보며 나름대로 살림의 역사를 보여 줄 가구들을 골라 보니 겨우 두 개가 리스트에 오른다. 우리 집에서 가장 오래된 역사를 지닌 가구로 뽑힌 것은 남편이 중학생 때부터 써 온 책상, 그다음이 식탁이다. 그러니까 책상의 역사는 반백 년쯤 되었고, 식탁은 어언 30년이 넘었나. 책상이야 남편이 결혼 전부터 쓰다가 가져온 것이니 논외로 치고, 우리의 가족사를 목격한 가장 오랜 증인은 바로 식탁이다.

와, 이 변화무쌍한 시대에 30년씩이나! 정작 30이라는 숫자가 매겨지니 새삼스레 이 조그만 식탁이 대단하게 보인다. 그렇다면 이 식탁은 그냥 식탁이 아니라 나의 가족사를 증언하는 역사적 기념물이라 불러도 괜찮지 않을까.

혼수로 마련했던 작은 아크릴 밥상을 버린 건 결혼한 지 6년인가 지나서였다. 좁은 밥상에서 여덟 식구가 전쟁처럼 밥을 먹던 어린 시절의 한을 풀고 싶었던 때문인지 난 다른 것에 비해 유난히 공간에 대한 욕심이 컸었다. 당시 나는 큰 무리를 해서 비교적 시설이 좋고 넓은 아파트로 이사를 갔고, 가구 중에서 제일 먼저 6인용 식탁을 사서 주방 겸 식당에 들여놓았다. 드디어 내 생애 처음으로 우아하게 식사하며 대화를 나눌 수 있게 되었구나 하는 뿌듯한 자부심에 한껏 취했었다.

하지만 웬걸, 야심만만하게 마련한 식탁은 제구실을 하지 못했다. 70년대의 산업 전사로 새벽 별을 보고 나가 통금 사이렌에 맞추어 귀가하기 일쑤였던 남편은 좀처럼 식탁에 앉을 시간이 없었다. 고만고만한 사내아이 셋은 점잖게 식탁에 앉아 밥을 먹기에는 에너지가 넘쳤다. 야심차게 마련했던 우아한 식탁은 곧 아이들이 그 위로 올라가 발을 구르며 놀다가 뛰어내리는 놀이터로 변했다.

그 이듬해 이사 간 아파트는 평수에 비해 부엌이 너무 좁아 그 식탁을 들일 수도 없었다. 게다가 1년 남짓한 사이에 식탁이 거의 폐품 수준으로 변해 버려서 울며 겨자 먹기로 식탁을 새로 살 수밖에 없었다. 5인용이면서 공간에 맞는 사이즈를 고르려니 의외로 까다로웠다. 결국 동네 가구점을 샅샅이 뒤진 끝에 한 곳에서 겨우 그나마 조건에 대충 맞는 자그마한 원탁을 발견했다. 다리만 길다 뿐이지 사이즈는 친정에서 몇십 년 동안 썼던 두리반과 비슷했다.

하지만 7년 동안 애용했던 이 원탁은 그다음 이사 간 집에서는 다시 무용지물이 되었다. 주방이 훨씬 넓어진 데다가, 마침 어떤 친척이 미국으로 이민을 가면서 크고 튼튼한 식탁을 물려주었기 때문이다. 그때는 우리 가족사에서 전성기라고 불릴 만큼 집 안에 손님이 들끓던 시절이라 그 큰 식탁도 늘 좁게 여겨지기만 했다.

전성기가 있으면 쇠퇴기도 있게 마련. 15년 전 예상치 못했던 남편의 사업 실패로 다시 이사를 갔을 때 그 식탁은 집에 비해 너무 커 보였다. 게다가 아이들이 청년이 되어 제각각 바빠지자 식탁은 항상 휑했다. 휑댕그렁한 식탁은 마음까지 외롭게 만들기 일쑤였다. 그 집에서 나는 많이 아팠다. 식탁은 밥상보다 책상으로 더 자주 쓰였다. 작은 원탁은 여전히 거실 한구석에 어정쩡하게 밀쳐져 있었고 딱히 쓸모를 찾지 못했던지라 그 위에는 그저 온갖 잡동사니가 쌓여 갔다. 생각 같아서는 통째로 내다 버리고 싶었지만 버리는 것도 내겐 큰일이었다.

그리고 또 10년이 흘러 언제 그랬느냐는 듯이 평온한 일상을 누리는 요즘, 원탁은 주방이랄 수도 거실이랄 수도 없는 어중간한 위치, 어중간한 크기의 공간에 마치 맞춤가구처럼 들어앉아 있다. 원탁을 살 때 새파랗게 젊었던 나는 어느새 노년의 문턱을 성큼 들어섰는데 함께 나이를 먹으며 나를 지켜봐 온 원탁은 처음 그 모습을 그대로 지니고 있다. 상판은 비록 온갖 흠집으로 만신창이가 되었지만 막내며느리가 만들어 준 예쁜 식탁보를 씌우니 감쪽같이 예뻐졌다.

비록 좁은 상이지만 이 원탁은 비집고 앉으면 여덟 명까지 앉을 수 있다. 이런 게 바로 원탁의 장점이다. 그래서 짝을 이룬 아이들이 찾아와도, 궁색하지만 그런대로 앉기에 괜찮았다. 그러나 손주들이 줄줄이 태어나고 큰애네 가족까지 돌아와 어느새 가족이 확 불어나자 이젠 원탁의 시대도 끝이 났다. 현재 열두 명에 이르는 온 식구가 모이면 마루에 교자상을 두 개 붙여도 좁다.

예전 명절날마다 친정집에 온 식구가 모였을 때는 집이 훨씬 좁은 데다 식구도 두 배나 되었는데 어떻게 밥상

두 개에 스물여섯 명이 다 함께 둘러앉았을까, 이제 와 생각하니 정말 신기하다.

식탁은 마치 고무줄 같다. 줄었다가 늘었다가 한다. 계속 줄어들기만 하던 우리 집 원탁은 이제 다시 넓어졌다. 요즘은 달랑 부부 둘이 나란히 앉거나 아니면 나 혼자 앉아 밥을 먹는다. 빈 의자들을 보면 쓸쓸하냐고? 글쎄. 빈 의자는 내 마음속에선 비어 있지 않다. 의자에는 언제나 아이들이 앉아 있다. 내 아이들과 그 아이들의 아이들이.

생각나는 CF 하나! "식탁은 가구가 아닙니다, 그건 가족사입니다."

...

나도 저렇게 멋지게
살 수 있을까?

이태 전 초여름이었다. 날씨의 유혹이 너무 심해 도저히 집 안에서만 뭉그적거릴 수가 없었다. 마침 막내아들이 오랜만에 집에 있었는지 전화를 해서는 나들이를 가자고 했다. 손자가 갓 돌이 지났을 즈음이라 먼 곳은 부담스러웠다. 그래서 남산을 좀 걸어 보기로 했다.

국립극장 주차장에 차를 세우고 나니 생각보다 햇볕이 따가웠다. 막내는 이제 막 걸음마를 시작한 아기를 데리고 걷는 게 무리라고 생각했는지 그냥 광장에서나 놀다 가잔다. 등나무 그늘도 있겠다, 분수도 있겠다, 마침 간단한 샌

드위치와 음료를 파는 텐트도 있겠다, 이만한 나들이 터도 드물다. 우리는 오후 한나절을 그곳에서 보내기로 했다.

그때였다. 대극장 오른편 마당에 서 있던 한 여성의 뒷모습이 눈에 들어왔다. 흰 투피스에 단아하고 반듯한 몸매였다. "어쩜 저렇게 자세가 좋을까"라고 중얼거리는 순간 그 여성이 몸을 돌렸다. 눈에 익은 얼굴이었다. 아, 백성희 선생이잖아.

"아!"라는 감탄사가 절로 나왔다. 대체 언제 적 백성희 선생인가. 그 전설적인 백성희 선생이 저런 몸매로 건재하다니. 언뜻 짐작해도 여든은 되셨을 텐데.

아이들은 눈치를 못 챘겠지만 그날 난 큰 자극을 받았다. 평생 단련된 몸은 어디서도 빛을 발한다는 걸 두 눈으로 확인한 것이다. 이제 겨우 환갑이 넘은 나는 자꾸 굽어지는 어깨와 처지는 뱃살을 그냥 나이의 훈장으로 받아들이자며 이미 타협을 한 상태였다. 그러면서 한편으로 '나이 들어 지나치게 몸매에 신경 쓰는 건 좀 추하잖아'라는 식으로 스스로를 합리화하는 중이었다.

물론 늘 그렇듯이 충격과 반성은 그리 오래가지 않았

다. 저녁 먹은 후 동네 학교 운동장을 돌거나 매끼마다 먹는 양을 줄여 보려는 노력은 작심 한 달 정도였다. 오랜 습성인 게으름과 식탐은 아무리 눌러도 되튕겨 오르기 일쑤다. 하지만 백성희 선생의 그날 인상은 오래도록 머리에 남아 있었다. 나이들어도 퇴색되지 않는 아름다운 배우의 모습으로.

고백하자면 연극배우 백성희는 내 젊은 날의 우상이었다. 대학 연극반 시절부터 나는 명동 국립극장에 자주 드나들었다. 백성희는 어떤 무대에서도 나를 실망시키지 않았다. 번역극의 우아한 여주인공이나 창작극의 무식한 촌아낙 모두 완벽하게 재현해 냈다. 특히 극장 맨 뒷좌석에서도 또렷이 들리는 그 독특한 목소리는 하늘이 내린 선물이었다.

한때는 백성희 같은 배우가 되고 싶다는 꿈을 꾸기도 했다. 그러나 그 꿈은 졸업과 더불어 스르르 잦아들었다. 굳이 남 탓을 하자면 남자 친구의 반대라고 내세울 수도 있지만 그보다는 나 자신의 무소신, 나약함이 더 큰 원인이었다. 연극배우로서 평생을 살아간다는 것에 대한 확실한 그림을 그릴 수 없었던 것이다.

여느 여성들처럼 전업주부 생활을 시작하면서는 연극을 까맣게 잊고 살았다. 그러던 어느 날 친구가 느닷없이 독일어로 된 희곡이 있는데 번역을 해 보면 어떻겠느냐고 제안해 왔다. 루트비히 티크의 〈장화를 신은 고양이〉란 작품을 국립극단에서 공연할 계획인데 아직까지 마땅한 번역자를 찾지 못했다고, 적당한 사람이 있으면 소개해 달라는 부탁이 들어왔다는 것이다. 이제 와서 독일어라니, 당황스러운 제안이었지만 희곡이라는 매력은 내 주제를 잊게 만들기에 충분하고도 남았다.

아이들이 잠든 늦은 밤, 낡은 독일어 사전을 들추면서 나는 참으로 오랜만에 딴 세계로 발을 들여놓았다. 가사노동과 육아의 세계에서 문학과 연극의 세계로. 그 경험이 2년 후 새로운 공부에 도전할 수 있는 용기를 키워 준 씨앗이 되었다. 게다가 번역료는 내가 예상했던 것보다 세 배는 많았다. 참으로 오랜만에 내 손으로 돈을 번 그 기분이라니!

연출은 오태석 씨가 맡는다고 했다. 번역자의 자격으로

국립극단의 연습장에 딱 한 번 들렀다. 그때 오태석 씨는 내게 공연히 의역을 해서 골치 아프게 안 해 줘서 고맙다고 했는데, 칭찬인지 핀잔인지 모호한 그 말을 듣는 순간 기분이 영 찝찝해지던 기억이 아직도 어렴풋이 남아 있다.

그런데 그 작품도 역시 백성희 주연이었다. 열아홉 살의 공주를 50대의 배우가 맡는다니 정말 신선한 충격이었다. 나는 연습하는 장면을 잠깐 구경하다가 나왔다. 배우들은 번역자에겐 눈길도 주지 않고 연습에만 몰두하고 있었다. 대학 때 같은 연극반이었던 심양홍 씨가 알은체를 했을 뿐이다.

드디어 공연 첫날, 무대에 선 백성희는 역시 대배우였다. 그는 그냥 열아홉 살의 공주였다. 백성희에겐 자연 나이는 아무런 의미가 없었다. 오직 배역의 나이만 있었다.

그 대배우 백성희, 아니 백성희 선생을 드디어 오늘 만난 것이다. 무대 위에서가 아니라 무대 밑, 현실 속에서. 그것도 선생이 사 주는 맛있는 밥을 먹으면서. 〈장화를 신은 고양이〉 이후 거의 30년 만에. 살다 보면 가끔 꿈과 현실이 헷갈릴 때가 있다. 너무 괴로울 때나 너무 행복할 때. 오늘

나는 세 시간 동안 너무 행복해서 조금 불안하기까지 했다.

오늘의 만남이 어떻게 이루어지게 되었는지에 대해선 자세히 설명하지 않는 게 좋을 듯하다. 다만 약간은 공적이고 약간은 사적인 그런 계기라고 해 두자. 중요한 것은 선생을 만나러 가는 길에 가슴이 두근거렸다는 사실이다. 이 나이에 사람을 만나러 가면서 가슴이 두근거리다니, 얼마나 근사한가.

나이에 대한 선입견을 버리자고 틈만 나면 역설하던 나였지만 선생을 만나는 순간 나 역시 '나이주의자'에서 한 치도 벗어나지 못했다는 것을 깨달았다. 무대에서는 몰라도 실제 상황에서는 그래도 '80 노인'의 모습이겠지, 은근히 기대했었나 보다. 하지만 선생은 그냥 내 또래, 아니 나보다 젊은 사람으로 보였다. 외모만이 아니라 말하는 폼도 그랬다.

나를 매료했던 그 또랑또랑한 목소리엔 여전히 젊은 날의 힘이 실려 있었고, 연기 생활 65년을 풀어내는 그 완벽한 기억력엔 나를 포함한 네 명의 일행이 기가 죽었다. 한마디로 경이로운 인간, 멋진 여성이었다. 게다가 아직도 술과 담배와 커피를 사랑한다니! 내 또래는 이미 술은커녕 커피도 못 마시는 이들이 부지기수인데.

선생은 전혀 알 수 없는 나와 선생의 인연을 시시콜콜 일러바치면서 나는 깨달았다. 아, 내가 바로 사람들이 '빠순이'라고 부르는 '광팬'이었군. 동시에 또 다른 깨달음 하나. 아, 난 자아가 참 약한 인간이었구나.

선생은 나보다 20여 년을 앞서서 내가 가지 않은 길을 간 의지의 여성이었다. 자기가 하고 싶은 일을 하기 위해 집안의 반대를 꺾고야 말았던 그 자아. 선생은 마지막까지 반대했던 아버지와의 약속, '중간에 흐지부지하지 않기'를 지키기 위해서라도 평생 배우의 길을 꼿꼿이 걸어 나갔다. 아니, '나갔다'가 아니라 '나가고 있다'.

'나는 현역이다'라는 자부심이 선생의 온몸에서 풍겨 나왔다. 비록 단역일지라도, 대사 한 마디가 없어도 선생은 그 배역을 사랑한다고 했다. 아마 세계에서 가장 많은 공연을 한 배우가 자신일 거라고 선생은 말했다.

"선생님은 대한민국에서 제일 행복한 여성입니다." 내 딴엔 감동에 겨워 한 말인데 해 놓고 나니 참 바보같이 들린다. 행복한 여성이면 됐지, '대한민국에서 제일'이란 수식어는 왜 붙여? 그따위 필요 없는 것에 매달리니까 꼭 중요한 걸 놓치는 거야.

착각일지 모르지만 우리만큼 선생도 오늘의 만남을 즐기는 듯 보였다. 입장 바꿔 생각해 보면 확실히 그럴 것이다. 당신이 모르는 곳에서 사랑과 존경을 담은 눈으로 당신을 지켜보아 온 후배들이 있다는 걸 알면 누군들 행복하지 않겠는가. 우리 앞으로 자주 만나서 대포도 마시고 수다도 떨자고 선생은 소녀처럼 웃었다. 아르바이트로 돈을 벌어 대폿값을 내겠다고 거듭 강조했다. 그건 결코 빈말처럼 들리지 않았다.

"나도 85세에 백성희 선생처럼 저렇게 멋지게 살 수 있을까?"

선생을 보내 드리고 한숨처럼 내뱉는 말에, 옆에 있던 열다섯 살 연하의 후배는 틈도 주지 않고 "그럼, 언니도 저렇게 살 수 있어"라고 받았다. 아이고, 예쁘기도 하지. 내가 이 맛에 젊은 사람들과 논다니까.

...

요즘 시어머니로
사는 법

내 생각으로는 핵가족화가 급속하게 진행되던 60, 70 년대가 아마도 고부 갈등의 정점이 아니었을까 싶다. 유교 적 가치관이 지배적이던 그 이전 시대에는 고부 갈등이란 단어가 존재는 했을망정 바깥으로 드러나진 않았을 거다. 어른인 시어머니가 젊은 며느리를 구박하는 것은 당연시 되었으니까. 며느리는 속으로 불만을 품었을지라도 입 밖 으로 내지는 않았다. 아니, 낼 수가 없었다.

그런 며느리가 나이들어 시어머니로서의 권력을 행사 하고자 했을 때가 바로 60, 70년대였다면 그 허탈감이 어떠했을지 충분히 짐작된다. 영원히 내 자식인 줄로만 알았던 내 아들이 어느새 며느리의 남편으로 변했으니 얼마나 충격적일까. 더욱이 며느리가 철저하게 개인주의적 가치관의 신봉자, 쉬운 말로 '못된 여자'라면 시어머니와 며느리의 관계는 말 안 해도 뻔하다. 하지만 당시의 며느리 세대도 유교적 가치관 아래서 자랐기 때문에 대부분은 전통적인 며느리 노릇을 조용히 받아들였다. 시부모 봉양이라든가 시동생, 시누이 뒷바라지 등등. 그래서 나를 포함한 그들은 스스로를 '마지막 시집살이 세대'라고 말한다.

이제 그 며느리 세대가 나이들어 시어머니 세대가 되었고 그사이 고부 관계는 그만 역전되었다. '시집살이'라는 말 대신 '며느리살이'라는 말이 등장한 것이다.

물론 변화는 단번에 이루어지는 게 아니기 때문에 요즘 같은 시대에도 아직 시집살이의 설움이 완전히 사라진 것은 아니다. 인터넷에서도 그렇고 실제로도 그렇고 지금이 조선 시대가 아닌가 싶은 이야기를 접할 때가 드물지 않다. 며느리를 마치 몸종처럼 부리거나, 아들네가 버는 돈을 자기 돈으로 생각하거나, 딸과 며느리를 철저하게 차별

하는 등 그야말로 '간 큰' 시어머니가 수두룩하다.

며느리들의 수다 공간인 인터넷 사이트에 들어가 보면 요즘 젊은 며느리들의 시어머니나 시집, 그리고 결혼에 대한 생각이 고스란히 드러난다. 아주 드물게 '참고 살아라'라는 조언도 아주 없는 건 아니지만 대부분은 'No'라고 분명하게 말하라고 조언한다. 만약 그럴 수 없다면 차라리 '관계를 끊어라'가 대세다. 서글프지만 요즘 젊은 여성들은 기본적으로 며느리와 시어머니는 소통할 수 없는 관계라고 전제하는 것 같다.

하지만 누가 봐도 명백하게 시어머니의 잘못으로 보이는 것 이외에 며느리들의 불만 가운데는 애매한 내용도 꽤 많았다. 시도 때도 없이 전화를 걸어 과일을 가져가라고 하는 시어머니, 주말마다 시집에 와서 저녁을 먹으라는 시어머니 등등 어떻게 보면 자상한 시어머니와 매정한 며느리의 대결로도 볼 수 있다. 혹은 복에 겨운 며느리의 투정쯤으로 볼 수도 있다. 그러나 요점은 결국 유교적 가치관과 개인주의적 가치관의 충돌이었다. 다시 말하면 시어머니가 생각하는 '우리는 하나'와 며느리가 생각하는 '우리는 하나'가 다르다는 점이다.

사실 시어머니 쪽에서도 쉽지는 않다. 자신은 딸처럼 가까워지고 싶은데 왠지 곁을 주지 않는 것 같은 며느리, 혹은 시어머니는 김치를 사서 먹는데 김치를 담가 주길 바라는 신호를 보내는 며느리 등등. 과연 어느 정도의 거리가 적당할까 고민이 많다.

그래서 요즘은 며느리로부터 상처를 받는다는 시어머니도 의외로 많다. 아무리 잘해 봤자 며느리는 결국 며느리라고 냉소를 짓기도 한다. 마치 시어머니는 존재만으로도 부담스럽다며 고개를 젓는 며느리처럼.

이래도 저래도 엇나가기 쉬운 고부 관계를 잘 끌어가기 위해서는 시어머니와 며느리 양쪽이 의식적으로 노력해야 한다. 며느리도 물론 애써야겠지만 그보다 시어머니가 훨씬 더 애써야 한다. 며느리는 아직 시어머니가 되어 보지 않았지만 시어머니는 며느리 시절을 겪어 보지 않았는가.

'시어머니로 사는 법'을 고민하는 요즘의 신세대 시어머니들에게 권한다. 그동안의 사회 변화와 나의 며느리 시절, 그리고 미래의 내 모습을 모두 아우르면서 어떤 시어머니로 살지 성찰해 보자고. 지구상의 수십 억 인구 중에서 며느리와 시어머니로 만났다는 건 정말 보통 인연이 아니지 않은가.

나 또한 세 며느리의 시어머니로서 어떻게 하는 것이 제대로 된 시어머니 노릇인지 혼란스럽긴 마찬가지였다. 마침 어느 여성 기관으로부터 예비 시어머니 교육 프로그램을 운영하니 강의를 해 달라는 요청이 들어왔다. 이참에 신세대 시어머니를 위한 십계명을 만들어 보면 누구보다 나한테 도움이 되겠다 싶었다.

〈新시어머니 십계명〉

1) 나는 시어머니이기 이전에 나다

우리 세대는 어렸을 때부터 자기를 찾는 걸 억압당해 왔다. 설사 고등교육을 받았을지라도 그 자원을 자기 발전에 쓰는 것보다 가족의 성공을 위한 뒷바라지에 쓰는 것이 현명하다고 배워 왔다. 따라서 자신의 존재 이유를 가족 안에서 찾았으며, 삶의 목표는 단 하나, 현모양처였다.

이제 세상이 바뀌어 모든 사람이 자아실현을 삶의 목표로 삼는 시대가 되었음에도 우리는 스스로를 열외로 친다. 그건 남성과 젊은이들에게나 해당되지 자신들에게는 해당되지 않는다고. 우리는 그저 이제까지 살아온 대로 앞으로 남은 인생을 가족을 지키며 또 보살핌을 받으며 살겠다고 새삼 다짐한다.

하지만 남은 인생이란 얼마나 길며, 내가 지킬, 또 나를 보살필 가족은 과연 어디에 있는가. 여성의 평균수명이 이미 80을 넘었으며 사람에 따라선 백 살 넘게 사는 시대가 왔다. 자식이 부모를 보살펴 주던 시대는 이미 가 버린 지 오래다. 자식도 한둘밖에 안 되는 데다 이 글로벌 시대에 어디서 살지 모른다. 그러니 가족 속에서 살다 죽은 어머니 세대와는 전혀 다른 여생이 우리 앞에 놓인 셈이다.

이젠 누구나 자기를 끝까지 돌봐야 하는 시대로 접어들었다. 경제적으로 그리고 심리적으로 독립하지 않으면 초라한 노년이 기다린다. 그러니 이제 며느리를 봤으니 시어머니로서 편안하게 살겠다는 망상은 떨쳐 버리는 것이 현명하다. 더 이상 아들을 보살필 필요가 없어졌으니 이제부터는 나를 보살필 노년 계획을 치밀하게 세워야 한다. 경제적, 육체적, 심리적으로 건강한 삶을 누리기 위해 '나의 생애 계획'을 다시 짜 보자.

2) 아들은 며느리의 남편이다

서구의 핵가족은 부부 중심인데 우린 많이 다르다. 자식, 그중에서도 아들 중심인 경우가 많다. 낭만주의적 가치관보다 유교적 가치관과 도구주의적 가치관이 더 우세하기 때문이다. 게다가 복합적인 요인으로 부부간에 정서적 교감이 충분히 이루어지지 못했기 때문에 어머니의 아들에 대한 집착이 매우 강하다(영화 〈올가미〉, 얼마나 끔찍한가).

따라서 입으로는 아들을 떠나보냈다고 말하면서도 심리적으로는 끌어안고 싶어 한다. 아들에 대한 심리적 의존도는 아버지도 강한 편이지만 어머니가 훨씬 강하다. 사실

고부 갈등은 예나 지금이나 바로 이 지점에서 출발한다고 해도 틀리지 않을 것이다. 다만 예전에는 그것을 정상적인 관계로 인정한 대신 지금은 비정상적인 관계로 해석한다는 것이 다를 뿐.

아들에 대한 집착이 강한 시어머니들은 어떤 여자를 며느리로 맞아도 아들에 비해 뒤처지는 존재라고 생각해서 못마땅해한다. 그런 시어머니가 며느리에게 김치를 담가 주는 이유는 며느리를 돕고 싶어서가 아니다. 며느리는 절대로 아들의 입맛을 맞출 수 없다고 믿기 때문이다. 반찬을 싸다 주는 시어머니들은 이렇게 말한다. "며느리가 이뻐서 싸다 주는 줄 아니? 다 내 아들 배곯을까 걱정해서지."

그러나 정말 아들을 사랑한다면 아들이 며느리와 오순도순 살아가도록 놔두어야 한다. 가족 관계에서 가장 중요한 것은 부부 관계다. 이제까지 남편과 불화했다면 앞으로의 인생을 위해서 관계를 개선해 나가야 한다. 만약 남편이 없다면 정서적인 교감을 나눌 상대를 적극적으로 찾아야 한다. 친구건 이웃이건.

혹시 아들이 나 때문에 아내와 심각하게 싸우는 중이

라면 단호하게 선언해야 한다. "둘 중 하나를 버려야 한다면 나를 버려라." 아들은 앞으로 어머니와 살 날보다 아내와 살 날이 훨씬 길잖은가.

3) 며느리는 딸이 아니다

"난 며느리를 꼭 딸처럼 생각할 거예요." - 어느 예비 시어머니

"난 저를 꼭 딸처럼 생각했는데 어떻게 나한테 이럴 수가 있어?" - 어느 시어머니

꿈 깨시라, 며느리는 절대로 내 딸이 될 수 없다. 며느리는 남의 딸이다. 사돈댁의 귀한 딸이다. 그러니 며느리를 딸처럼 생각하지 말고, 말 그대로 며느리로 생각하고 대하라.

그도 그럴 것이, 딸과 나의 관계는 하루아침에 이뤄진 것이 아닌 반면 며느리와 나의 관계는 아들을 매개로 하루아침에 생긴 관계이기 때문이다. 그 차이를 무시하고 며느리를 무람없이 대했다가는 본의와는 다르게 며느리에게

상처만 줄 게 뻔하다. 세대와 자라 온 배경과 생각 그리고 습관이 다른 사람들이 서로를 이해하는 데는 시간이 필요한 법이다.

딸에게 하듯이 말을 마구 하거나, 마구 심부름을 시키거나, 심지어 짜증을 내거나 한다면 며느리는 친근감을 느끼기에 앞서 인격적인 모욕을 느끼기 쉽다. 며느리 시절을 돌아보면 금방 이해할 수 있을 것이다.

4) 며느리도 나와 같은 여성이다

며느리도 내 며느리이기 전에 한 인간이며 한 여성이다. 가족의 새로운 구성원이기 전에 독립된 인격체다.

시어머니는 자신의 며느리 시절에 비해 지금 며느리가 얼마나 편하며 자유로운가만 강조하는 경향이 있다. 지금 며느리들도 유교적 가치관에서 완전히 해방된 것이 아니기 때문에 기본적으로 시어머니에 대해 두려움을 느끼거나 어려워한다. 즉 대부분의 젊은 여성은 며느리라는 위치 자체에 대해서 억압을 느낀다.

자신은 편하게 대하는데 며느리가 불편함을 느낀다면 시어머니로선 억울한 생각이 들지 모른다. 그럴수록 같은 여성으로서 며느리라는 입장을 이해하는 노력이 필요하다.

만약 며느리가 아들에 대한 불만을 털어놓을 경우 아들을 변명하는 대신 며느리에게 적극 동조하라. 아들을 내 아들이 아니라 여성을 이해하지 못하는 남성으로 몰아붙이며 강하게 비판하라. 며느리는 오히려 아들을 변호하며 동시에 시어머니에게 여성으로서의 자매애를 느낄 것이다.

내가 잘 써먹는 말. "얘, 난 아들이니까 할 수 없이 보고 살지, 남편이라면 벌써 쫓아냈을 거야."

5) 아들네 집은 내 집이 아니다

어떤 시어머니는 아들에게 집을 사 주면서 열쇠를 따로 만들었다. 그리고 맞벌이하느라고 비어 있는 아들네 집을 수시로 드나든다. 청소도 해 주고 음식도 마련해 놓고 며느리가 귀가하기 전에 집을 나온다. 진심으로 며느리를 도와주고 싶은 마음에서 한 일이다.

며느리는 어떤 생각일까. 답은 간단하다. '짜증난다'다. 시어머니 입장에선 배은망덕한 며느리가 아닐 수 없다.

며느리로선 지배를 당하는 기분이다. 집에 있을 경우에도 시어머니가 언제 불쑥 들어설지 몰라 불안하다. 집을 사 줬다고 위세를 떠는 게 아닌가 하는 의심도 든다.

어떤 시어머니는 아들네 집을 방문하기 전에 전화를 하긴 하는데 바로 집 앞까지 와서 한다고 한다. 이런 행동은 아들의 의사를 타진하는 것이 아니라 일방적으로 통고하는 것과 마찬가지다. 며느리는 싫어도 싫다고 말할 수 없는 상황이다.

아들네가 보고 싶다고, 또는 아들네에게 뭔가 전해 주고 싶다고 시도 때도 없이 찾아가지 말아야 한다. 꼭 가야 한다면 미리 전화를 해서 아들이 거절할 여유를 주어야 한다.

6) 며느리에게 가르치려 들지 말라

시어머니들은 며느리를 하루빨리 '내 식구'로 만들기 위해서 무엇이든지 가르치려 든다. 가풍이며 음식이며 친척 간의 인사에서부터 육아에 이르기까지 '우리 집안 식대로' 하기를 원한다.

이제 이런 발상은 한마디로 시대착오적이다. 젊은 여성은 예전처럼 '시집가는' 것이 아니라 '결혼하는' 것이다. 결혼이 곧 시집 식구로의 완전한 통합이라고 생각하지 않는다. 게다가 호주제도 폐지되는 마당에 며느리에게 일방적으로 우리 집안 식대로 살라고 요구한다면 며느리의 반발심만 키울 게 뻔하다.

만약 시어머니의 살림 방식이 마음에 든다면 가르치지 않아도 따라 할지 모르지만, 며느리는 며느리대로 자기만의 독자적인 살림 방식을 만들어 나가고 싶어 할 확률이 더 높다.

따라서 시어머니의 가르침은 잔소리 내지는 강요일 뿐이다. 시어머니가 자신의 살림 방식 또는 가풍이 자랑스러워 며느리에게 물려주고 싶다면 그냥 몸으로 보여 주면 충분하다. 육아도 전적으로 며느리의 방식에 맡기고 도움을 요청할 경우에만 도와주는 것으로 끝내야 한다.

7) 좋은 며느리란 따로 없다

'친구들이 며느리 이야기하는 걸 들어 보면 참 좋은 며느리 같은데 왜 내 며느리는 그렇지 못하지? 하필이면 왜 그런 애가 내 며느리가 된 거지?'

이런 생각이 든다면 왜 내가 며느리를 못마땅해하는지 그 이유를 곰곰이 되짚어 볼 필요가 있다. 여러 이유가 있겠지만 그것들을 요약하면 결국 며느리가 하는 짓들이 내 마음에 안 들기 때문이다.

'좋은지 나쁜지'가 아니라 '내 마음에 드는지 안 드는지'다. 객관적으로 좋은 며느리란 따로 없는 것이다. 여우 같은 며느리도 곰 같은 며느리도 내가 예쁘게 보면 예쁘고, 밉게 보면 밉다. 인간관계가 다 그렇듯이.

예로부터 효자가 따로 있는 게 아니라 부모가 효자를 만든다는 말이 있다. 좋은 며느리는 좋은 시어머니가 만든다. 시어머니가 며느리를 좋은 며느리라고 생각하는 순간 며느리는 좋은 며느리가 된다.

8) 아들도 며느리도 손님이다

자식을 망치는 가장 확실한 방법은 내 인생을 자식에게 올인하는 것이다. 지금 예비 시어머니 세대는 자식에게 물질적, 심리적으로 올인한 세대다. 그렇기 때문에 결혼한 아들을 심리적으로 이유離乳하지 못한다(TV 드라마들을 보라). 결혼한 아들이 자식을 낳아도 자발적으로 애프터서비스를 하느라고 바쁘다. 어렸을 때부터 홀로 서지 못하게끔 과잉보호를 받고 자란 자식은 이런 어머니를 당연하게 여기고 계속 의존한다. 모자간의 상호 의존관계가 강하므로 며느리가 들어설 자리가 없고 결혼 생활이 원만할 리 없다. 그걸 원하는가?

어렸을 때부터 아들과 거리를 두는 것이 바람직한 육아 방법이지만, 만약 그러지 못했다면 결혼 후에는 의식적으로 거리를 두라. 밀착하지 말고 쿨하게 대하라는 말이다. 아들을 그렇게 손님처럼 대할 수 있다면 자연스럽게 며느리에게도 그렇게 대하게 될 것이다. 예의 바른 타인처럼 배려는 하되 간섭은 하지 말라.

어쩐지 매정한 것 같다고? 끈적끈적한 관계보다 약간 매정한 듯한 관계가 서로에게 편하다. 기대가 없으면 실망도 없듯이. 서로 편한 관계에선 의무적인 효도가 아니라 인간적인 친밀감을 쌓기도 쉽다.

9) 칭찬하고 또 칭찬하라

더 무슨 말이 필요하랴, 칭찬은 고래도 춤추게 한다는데. 내 아들과 결혼했다는 것만으로도 며느리는 얼마나 사랑스럽고 고마운 존재인가. 아들이 그 며느리를 안 만나 결혼을 안 했다면 그 뒷바라지는 내 차지가 됐을 텐데. 무얼 더 바라고 트집을 잡고 꾸중을 하겠는가. 다른 집 며느리와 비교하는 짓은 금물이다. 며느리가 나를 다른 집 시어머니와 비교하면 기분이 좋겠는가.

오랜만에 전화를 건 며느리에게 전화를 자주 안 한다고 화내는 대신 전화를 해 주어서 고맙다고 말하라. 아들과 별 탈 없이 잘 살아 주어서 고맙다고 말하라.

10) 생긴 대로 보여 주라

며느리를 보면 무언가 그럴듯한 어른 노릇을 해야 한다는 부담감에서 말이나 행동을 가식적으로 하는 여성이 많다. '시어머니다움'이 따로 있다는 고정관념을 버려라. 살다 보니 시어머니가 되었을 뿐이지 시어머니가 되었다고 해서 하루아침에 나의 능력이나 인간성이 바뀌는 게 아니다.

그러니 며느리에게 본때 있는 시어머니로 보이려고 헛폼을 잴 필요가 없다. 헛폼을 재다 보면 그것이 드러날까 봐 과잉으로 방어하게 되고 바로 거기서 오해와 미움이 생긴다. 그냥 솔직하게 나의 모습을 있는 그대로 보여 주라. 나는 이 나이가 되도록 나이만 먹었지 너보다 잘하는 게 아무것도 없다고 고백하라.

물론 며느리에게도 자신이 설계해 놓은 '며느리다움'을 기대하지 말아야 한다. 고부간에 서로 있는 그대로 인정하고 존중하는 관계야말로 가장 좋은 관계다.

5장

나는
자유다!

...

버스는
인생이다

    스포츠 중계를 듣다 보면 어떤 종류의 스포츠든 해설하는 사람이 누구든 어김없이 튀어나오는 말이 있다. 9회 말 2사 후에 친 만루 홈런처럼 극적인 장면이 연출될 때마다 거의 자동적으로 튀어나오는 말, "야구는 바로 인생이에요" 혹은 "축구는 인생과 닮은 꼴이에요"라는 말이다. 물론 동어반복이 계속되는 단조로운 마라톤 중계에선 몇 번씩이고 "아~ 마라톤은 우리 인생의 축소판입니다"라는 말을 듣게 된다. 또 바둑 중계를 할 때도 마찬가지다. 골프도 물론이고.

맞다. 모든 스포츠는 인생이다. 잘나갈 때가 있는가 하면 슬럼프에 빠지기도 하고 절체절명의 위기에 봉착한 것 같더니 아슬아슬하게 벗어나기도 한다. 처음엔 죽을 쑤다가 칠전팔기, 기사회생하기도 한다. 또 승리는 맡아 놓았다는 듯 승승장구 콧노래를 부르면서 고지가 저기라고 큰소리치더니, 막판에 꽝! 추락하는 일도 비일비재다.

어쩐지 이야기를 꺼내는 품새가 아마 요즘 떼거리로 추락하는 정치인이나 기업가 이야기를 에둘러 하려는 모양이라고 지레짐작하지 마시길. 난 도대체 에둘러 이야기하는 데에는 소질도 능력도 없는 사람이니까.

난 그냥 모든 스포츠가 인생이라는 말에 적극 동의한다는 말과 더불어 내가 노상 타고 다니는 교통수단인 버스도 인생이라는 아주 단순한 말을 하고 싶은 거다.

거의 20여 년 동안 지하철 예찬론자였던 내가 요즘은 지하철보다 버스를 타는 일이 더 잦아졌다. 한창 책을 열심히 읽었던 예전에는 지하철이 흔들리지 않아서 독서하기에 아주 좋은 공간이었는데, 나이들면서 눈이 침침해지다 보니 책을 읽으면 금방 피곤해진다. 책을 덮고 가만히 앉아 있자니 보이는 건 건너편에 앉은 사람들뿐, 머쓱하고 답답하다. 그래서 점점 버스를 애용하게 되었고 그때마다 자연스레 버스와 인생의 닮은 점을 찾아내며 시간을 보낸다. 철학자도 아닌 주제에 난 날마다 인생을 생각하느라 바쁘다.

엊그제도 그랬다. 우리 아파트 단지에서 한참을 걸어 나가면 큰길 가운데 버스 정류장이 있다. 하지만 그날 내가 탈 버스는 파란색이 아니라 초록색이라 맞은편까지 건너가야 했다. 녹색등이 들어오기만을 기다리는데 건너편 정류장에 이내 내가 탈 버스가 오더니 금방 떠나 버렸다. 그렇다면 앞으로 10분 정도는 기다려야 다음 버스가 올 게 분명하기에 신호등이 바뀌기를 기다리는 마음이 한층 느긋해졌다.

그런데 이게 웬일? 뒤이어 같은 번호의 버스가 따라오더니 잠깐 멈추는 듯하다가 쌩하고 달려가 버렸다. 어이쿠! 예감이 안 좋았다. 버스가 저렇게 잇달아 오면 그다음엔 간격이 아주 멀어지게 마련이다. 과연, 그다음 버스가 올 때까지 난 무려 28분이나 기다려야 했다. 영하 20도 가까이 떨어진 강추위 속에서 발을 동동거리며. 약속 시간을 지키지 못한 건 당연했다. 앞차가 금방 지나갔으니 뒤차는 한참 있다가 오리라는 예상이 무참하게 깨진 거다. 그러니 그게 인생이 아니고 뭔가. 살다 보면 예상대로 되는 게 있더냐고.

그뿐인가. 버스 정류장에 서 있다 보면 다른 버스들은 그리도 자주 오는데 내가 기다리는 버스만은 번번이 왜 한참 있다가 오는지. 기다리다 지쳐 택시를 잡으면 바로 꽁무니에 내가 타려 했던 버스가 따라오는 건 또 뭐냐고. 특별한 행운까진 바라지 않더라도 그저 평균만 됐으면 하고 바라는데도 그 흔한 평균이란 놈이 유독 나만 비껴가잖아? 그러니 버스를 어떻게 인생이라고 말하지 않겠느냐는 말이다.

아무튼 간신히 버스를 타고 나서도 끝이 아니다. 요즘은 눈이 번쩍 뜨일 만큼 럭셔리한 버스도 많건만 왜 내가 자주 타는 버스는 하나같이 그렇게 낡았는지 모르겠다. 의자까지 한쪽이 꺼져 코너를 돌 때마다 떨어지지 않으려고 용을 쓰게 만든다. 게다가 기사 아저씨 취향대로 고정해 놓은 시끄러운 라디오나 뽕짝 테이프의 무차별 공세는 타자마자 스트레스 만빵이다. "아저씨, 제발 라디오 좀 줄여 주실 수 없나요?"라고 부탁하고 싶은 맘이 굴뚝같지만 뒷일이 두렵다. 폭발 직전의 폭탄을 공연히 건드렸다가 이 나이에 무슨 꼴을 당하려고. 조금 전에도 어떤 아주머니가 하차 벨을 눌러 놓고 그 정류장에서 내리지 않았다고 신경질을 쾅쾅 내던데. 소음이 지겨워 중간에 내리자니 시간도 촉박하고, 모처럼 차지하고 앉은 자리도 아깝다.

한번 올라탄 버스, 그냥 목적지까지 숨죽이고 가는 게 상수다 싶으니 이것 또한 인생이다. 물론 과감하게 내려 갈아타는 사람들도 있겠지만, 그런 용기가 있다면 그건 내가 아니다. 그러고 보니 '버스가 인생이다'라는 말은 틀렸는지도 모르겠다. '버스는 나의 인생일 뿐'이라는 표현이 정확할 듯싶다.

길이 좀 뚫렸다 싶으면 총알처럼 달리다가 때로는 하염없이 제자리에 멈춰 있는 것, 뚫림과 막힘과 멈춤이 시도 때도 없이 반복되는 것, 터널 속에 꼼짝없이 잡혀 있을 때면 영원히 그 자리를 벗어날 수 없을 것 같은 암담함, 그러다가 어느 순간 하늘이 보일 때의 그 안도감, 그 모든 것이 나의 인생과 닮았다.

하기야 아무 문제없이 탄탄대로인 인생이 흔하겠는가. 정도의 차이야 있겠지만 가다, 막히다, 서다를 반복하다가 제일 나중에는 영원히 서 버리는 것, 그게 인생이지.

아주 가끔 기분 좋은 버스를 만날 때도 있다. 기사 아저씨, 밝은 표정으로 "어서 오세요"라고 인사하고 손잡이를 안 잡아도 넘어지지 않을 만큼 부드럽게 차를 몬다. 라디오도 낮게 틀어 놓거나 아예 꺼 놓았다. 휴대폰으로 자신의 사생활을 낱낱이 고백하는 승객들의 배경음도 들리지 않는다. 그럴 때 난 갑자기 행복해진다. 그래, 인생도 이런 게 아니겠어? 날이면 날마다 흐리기만 한 건 아니지. 가끔씩 쨍하고 해 뜰 날도 있는 거지.

기차 화통을 삶아 먹은 것처럼 버스 안에 울려 퍼지는 휴대폰 소리도 항상 짜증나는 건 아니다. 뜻밖에 내가 모르는 세상을 휴대폰 통화 덕분에 알게 되는 순간도 드물지 않다. 어느 날은 마담뚜의 통화를 통해 요즘 '사'자 붙은 신랑감의 소개료가 얼마 정도인지도 알았고, 어느 날은 이른바 부동산 사기꾼의 언변이 얼마나 화려한지 생생하게 들었다. 사 두기만 하면 1년 안에 두 배로 불릴 수 있는 부동산을 단돈 얼마에 살 수 있다는 꼬드김에 뒷자리에 앉은 나까지 걸려들 뻔했다.

휴대폰을 통해서라도 버스 승객들에게 자신의 지위를 과시하고 싶어 하는 비루한 인생에 연민을 느끼는 순간도 있었고, 자상한 엄마가 딸에게 전해 주는 요리 비법을 들으며 저녁 반찬 메뉴를 정하는 행운도 있었다.

얼마 전까지만 해도 휴대폰으로 연인에게 자신의 위치를 생중계하는 젊은이들의 통화 때문에 짜증이 났었는데 잠깐 사이에 그런 풍경이 거의 사라져 버렸다. 모두들 말이 아니라 손가락 끝으로 메시지를 전하느라 골몰하고 있다. 우리의 IT기술이 얼마나 빠르게 발전하고 있는지는 버스를 타 보면 실감할 수 있다. 그럼에도 버스 안에서 여전히 목청을 높이는 사람들은 틀림없이 장년층 이상이다. 그러니 우리 사회의 세대차를 알기 위해 큰돈 들여 설문 조사 따위를 할 필요가 없다. 아니, 세대차뿐만 아니라 진짜 서민의 인생이 고스란히 드러나는 게 바로 버스다. 언감생

심 바라노니, 쇼라도 좋으니 높은 분들이 고립된 승용차가 아니라 버스로 출퇴근했으면 좋겠다. 단 석 달만이라도. 아니, 단 일주일만이라도.

...

여자들이
오래 사는 이유

지하철 3호선을 탔다. 프리랜서가 좋은 점 중의 하나는 러시아워를 피해 다닐 수 있다는 점이다. 아침저녁으로 시달린다는 지옥철이 뭔지 모른다. 나이든 프리랜서는 더 좋다. 어쩌다 사람이 좀 붐벼도 서서 갈까 봐 그다지 걱정할 게 없다. 최소한 노약자석은 비어 있을 때가 많기 때문이다. 물론 최근에는 노인 인구가 갑자기 불어난 탓인지 종종 자리가 없을 때도 있지만.

아무튼 법적으로는 아직 '노^老'에 들진 않지만 주민증 까 보라고 할 사람도 없겠다, 머리카락도 반백을 넘었겠다,

얼굴에도 살아온 날만큼의 세월이 정직하게 묻어 있겠다, 나는 아주 당당하게 노약자석에 엉덩이를 들이민다. 게다가 혹시 '노'에는 자격 미달이라도 '약弱'에는 자격이 충분하니까 공연히 민망해할 것도 없으렷다.

내가 앉자마자 곧이어 나와 비슷한 연배의 두 여성이 탔다. 3인석이 꽉 찼다. 가운데 자리의 여성이 앉자마자 함박꽃 같은 웃음과 함께 내게 말을 건다.

"이 차, 구파발 가는 거예요?"

"네."

"아이고, 기도원 가는 버스를 놓쳤어요. 바로 눈앞에서요. 구파발에서 버스를 타고도 한참 가야 하는데…."

이런, 아침부터 수다꾼을 만났군. 오늘의 목적지인 불광역까지 40분은 더 가야 하는데 자칫하다간 계속 말동무를 해 줘야 되잖아. 에라, 자는 척하자. 나는 매정스레 눈을 감아 버린다. 피곤해서 죽겠다는 표정으로.

그녀는 금방 휴대폰을 누른다. "엄마다. 그래, 기침은 좀 나았니? 저런, 그대로구나. 밥은 먹었어? 그렇게 밥을 거르니 기침이 안 낫지. 아니, 왜 그렇게 오래갈까? 벌써 두 달째잖니. 내가 가련? 그런데 오늘은 기도원 들렀다 갈게. 무릎이 너무 아파서 기도하면 좀 나을 것 같아서. 지난번에도 기도하니까 한결 나았었잖니. 지금 지하철 타고 가. 버스를 놓쳤어. 바로 눈앞에서. 에고, 저 기침 소리. 그래, 이따가 다시 전화할게."

귀청이 떠나갈 정도로 떠들더니 휴대폰을 접고서도 혀를 끌끌 찬다. "무슨 기침이 그래 두 달씩이나 가? 에휴, 차라리 내가 아픈 게 낫지, 자식 아픈 꼴은 정말 못 보겠다니까." 나는 머리끝까지 짜증이 난다. 이 여자, 지하철이 무슨 자기 집 안방이야? 아무튼 여자들, 나이 먹을수록 얼굴에 철판을 깐다니까.

그때였다. "선인장물이 좋아요, 기침에는." 왼쪽에서 친절한 목소리가 들려온다. "그래요? 정말이에요? 선인장물은 어디서 파는데요?" 가운데 여자가 반색을 한다. 그로부터 내가 지하철에서 내릴 때까지 반 시간 남짓 나란히 앉은 그 두 여자는 절친한 소꿉친구처럼 말을 텄다. 선인장물을 파는 가게의 전화번호에서부터 사는 곳, 남편, 자식이야기까지 시시콜콜한 인생사가 오고 갔다. 물론 나이 이야기도 빠지지 않았다. 우연찮게도 두 여자 모두 6학년 5반이라고 했다. 아니, 다 내 또래잖아? 훨씬 위로 봤는데 (이 불치의 공주병을 어쩔꼬).

두 여자는 모두 나이들면 좀 편할 줄 알았는데 오히려 자식들 뒷바라지로 더 바쁘다고 넋두리를 늘어놓았다. 집에는 집대로 남편이 기다리고 있기 때문에 소홀히 할 수가 없단다. 그러니 몸이 아파도 아픈 척을 못하고 산단다. 난 속으로 빈정거렸다. 그러게 누가 그렇게 애프터서비스 하랬나? 다 자업자득이지.

그런데 두 여자가 입을 모아 말했다. "그렇지만 이런 게 다 사는 재미지 뭐, 사는 게 별거 있겠어요?" 이제까지 한 이야기들이 넋두리가 아니라 자랑이었던 거다. 나는 갑자기 혼자만 사람 사는 재미에서 밀려난 기분이 들었다.

내 속도 모르고 그들은 계속해서 나를 긁는 수다를 떨어 댔다.

"뭐니 뭐니 해도 딸이 좋아요. 자기 맘대로 부려 먹긴 하지만 그래도 곰살궂게 구는 건 딸이잖아요." 이 여자들, 내게 딸이 없는 걸 어떻게 알았기에 이렇게 노골적으로 왕

따를 시키지? 내 얼굴에 아들만 있다고 표시가 나나?

슬쩍 눈을 뜨고 앞을 보니 앞자리의 나이든 세 남자는 그저 멍하니 앉아 있었다. 남자들은 나이가 들어도 모르는 사람과 말을 나누기 힘든가 보다. 하긴, 할 이야기도 없을 테지. 정치나 종교 이야기는 아는 사람들 사이에서도 금물이고, 왕년의 금송아지 이야기는 웃음거리나 될 거다. 아내나 자식 이야기를 꺼냈다간 팔불출 소리를 듣기 십상일 테고. 그러니 입을 닫는 게 제일이다. 오늘따라 지하철이 왜 이렇게 천천히 가는지, 원.

여자들은, 특히 나이가 한참 들어 보이는 여자들은 늘 그랬다. 세상의 모든 나이든 여자가 친구로 보이나 보다. 지하철에서 방금 만난 사람하고도 소꿉친구처럼 말을 트는 재주들이 있다.

그들을 보면 여자들이 왜 남자들보다 오래 사는지 알 것 같다. 호르몬이 어쩌고저쩌고 과학적 근거 따위는 소용 없다.

어제도 그랬다. 교대역에서 한 나이든 여자가 까만 비닐봉지로 싼 화분을 들고 탔다. 꽤 무거워 보이는 데다 그날따라 비가 주룩주룩 내린 탓에 그 여자는 매우 지쳐 보였다. 옆자리의 또래 여자가 당장 말을 붙였다.

"웬 화분이우?"

"장미예요."

"웬 장미유?"

"딸네가 아파트로 이사를 가는데 버리고 간다고 그래서 내가 파 갖고 집에 가는 거예요."

"아유, 잘했네. 요즘 젊은 애들은 그저 아무거나 다 버리려고 한다니까."

"글쎄 말이에요. 애들이 물건 아까운 줄 모르고 걸핏하면 버리려고 해요."

그다음 화제는 자연스레 나이든 세대의 자식 세대 성토로 이어지게 마련이다. 물건 귀한 줄 모르고 새것만 좋아하는 자식들 때문에 골치를 앓던 두 여자는 금방 막역한 친구가 되어 '우리 어렸을 때는…'을 노래한다.

먹을 것과 입을 것이 귀했던 가난했던 시절을 추억하고, 자식들 세대의 낭비를 비판하고, 어려움 없이 자라나는 손주 세대의 앞날을 걱정한다. 그렇다고 자식들 흉만 보는 건 물론 아니다. 말 틈틈이 자식들이 얼마나 좋은 집에서 살고 좋은 차를 타는지, 엄마에게 얼마나 잘해 주는지 자랑을 잊지 않는다.

신도림역에서 갈아타야 한다면서 장미 화분을 든 여자가 내릴 준비를 한다. 그러면서 마지막 한마디. "우리 영감은 벌써 죽었는데, 댁의 영감은 살아 있우?" 이미 지하철 밖으로 나간 여자의 뒤에 대고 남은 여자가 목청껏 소리를 지른다. "아직 살아 있어요!"

나는 우스워서 뒤집어지는 줄 알았다. 남자들 같으면 생전 처음 보는 사람한테 당신 아내가 살아 있느냐고 묻겠냐 말이다. 사생활 침해도 침해려니와 도대체 그런 게 궁금할 리도 없을 거다.

남아 있던 여자는 몸을 틀어 창밖을 내다본다. 마치 오래된 친구를 배웅하듯이. 나이든 여자들은 그렇게 정을 나누며 살아간다. 짧은 시간이라도 스스럼없이 속을 터놓는다. 그러니 여자들이 남자들보다 오래 살 수밖에.

...

스트레스에 대처하는
자세

며칠 새 연속타를 맞았다. 어쩐지 그동안 너무 편안하더라니. 지난여름 이후는 태평성대였다. 이 험한 세상에서 나만 이렇게 '해피! 해피!' 해도 되나 싶어 공연히 미안해지던 시간들이었다. 그러다가도 '난 이렇게 살 자격이 있어!'라며 스스로 변명하곤 했다. 하지만 산다는 게 어디 그리 호락호락하더냐 말이다.

모르긴 몰라도 어제오늘 스트레스 지수가 99는 될 것 같다. 하루 종일 머리가 떵하고 가슴이 벌렁벌렁한다. 내용은 다르지만 둘 다 돈과 얽힌 문제다. 돈도 돈이지만 이런 내가 싫어서 더 속상하다. 도대체 나이를 어디로 먹었기에 이 정도 일에 이렇게 휘둘리는가.

'나잇값'이라는 말만 들어도 두드러기가 일어나던 나였다. 그러던 내가 스스로 나잇값을 못한다는 좌절감으로 괴로워하다니 참 인간의 이중성은 말릴 도리가 없다. 나이를 이만큼 먹는 동안 겪을 만큼 겪었다고 나름대로 자부했는데 왜 이렇게 스트레스에 대한 내성이 생기지 않나 모르겠다. 머리로는 '그래, 이만한 일에 뭘 그리 속상해하나, 사람이 죽고 사는 문제도 아니고 고작해야 돈 문제인데. 옛날에 날린 돈에 비하면 껌값인데. 대범하자'라고 말하는데 마음은 영 딴판이다. '난 왜 이렇게 돈하곤 인연이 없는 걸까. 나잇살이나 먹어 갖고 어떻게 일을 그렇게 바보처럼 처리했을까'라는 회한이 자꾸 되살아난다.

한마디로 죽을 맛이다. 병원에 가면 늘 의사로부터 식사량을 줄이라는 권고를 들으면서도 넘치는 식욕을 주체할 수 없어 틈만 나면 먹을 것을 밝혔었다. 그런데 요즘 며칠은 식욕이 없다는 말의 의미를 절실히 깨닫는 중이다. 햇반을 끓여서 멀건 죽을 만들어 억지로 먹어 보지만 배

속이 부글부글, 이내 화장실로 직행이다. 불과 사흘 사이 배가 쏙 들어가 버렸다. 헬쑥해진 얼굴이 10년은 더 나이 들어 보인다.

역시 정면 돌파가 왕도인가 보았다. 문제 자체는 여전히 심각한 상태로 남아 있지만 심리적인 도움은 아주 컸다. 조금 전 세무서 직원과 상담을 마치고 나오는 순간부터 마음이 빠른 속도로 안정되어 가고 있다. 다행이다.

병원공포증 못지않게 관공서공포증이 있는 사람이 제 발로 세무서를 찾아가다니 내가 생각해도 놀랍다. 심리적 부담감에서 벗어나고픈 욕구가 그만큼 강했나 보았다. 그러고 보니 이틀 사이 경찰서, 법원, 세무서를 순례했다. 세 곳 다 생전 처음 가 본 곳이다. 지레 겁먹었던 것처럼 차갑고 삭막하기는커녕 마치 은행처럼 편안하고 친절한 분위기라서 거의 감동적이기까지 했다. 세상은 내가 모르는 새 엄청나게 변했나 보다. 주눅 들 준비를 잔뜩 하고 갔는데 뜻밖에 큰 위로를 받았다.

마음이 편해진 탓일까, 갑자기 식욕이 솟는다. 또 죽을 먹을 생각을 하니 지레 속이 헛헛해져서 오랜만에 쌀을 씻었다. 따끈한 흰쌀밥을 한 숟가락 푹 퍼서 명란젓을 올리고 김으로 싸 먹으니 이런 별미가 또 없다. 역시 밥은 힘이다. 배가 부르니 마음도 부르다. 케 세라 세라, 될 대로 되라지 뭐, 죽기야 하겠어? 생각만 했다고 생각했는데 그 생각이 말이 되어서 입으로 나온다. 케 세라 세라, 될 대로 되라지 뭐, 죽기야 하겠어? 몇 개 안 되는 그릇을 씻으며 내친김에 큰 소리로 노래까지 부른다. 괜찮아, 잘~될~ 거~야.

하지만 밤은 달랐다. 애써 다독인 불안감은 악몽으로 피어나서 나를 괴롭혔다. 나는 한 시간이 멀다 하고 일어나서 거실을 서성였다. 처음 겪는 증세에 나는 내 몸의 나이 듦을 실감한다. 마음과 달리 몸은 이제 스트레스를 이겨 내기엔 절대적으로 힘이 부치는구나 싶어 혼자 씁쓸해진다.

비단길 같은 인생이 어디 흔하랴. 살다 보면 수시로 맞닥뜨리는 손님이 스트레스다. 때로는 크고 때로는 작은 이 손님과 더불어 살아가야 하는 게 인생이다. 다행히 나는 부모님으로부터 '스트레스를 덜 받는 성격'과 '잘 웃는 성격'을 유산으로 물려받았다. 한창 예민하던 시절에는 이런 성격이 둔해 보여 못마땅하기도 했지만 살면 살수록 좋은

DNA를 물려받은 데 대해 고맙게 생각한다. 하지만 다른 형제들하고 비교하면 내가 제일 예민하고 부정적인 편이라고 부모님 생전에 꾸중을 많이 들었다.

반면 친구들은 내가 어떨 때는 터무니없을 정도로 긍정적이라며 놀라워한다. 나는 어렸을 때도 누가 나를 욕하고 다닌다는 말을 들어도 '욕하라지 뭐' 하며 대수롭지 않게 넘겨 버리곤 했다. 어차피 모든 사람의 마음에 들 수는 없는 노릇이니까. 나도 그 애의 흉을 보는데 그 애가 날 흉봐도 할 수 없는 거지 뭐.

내게는 비장의 스트레스 해소법 두 가지가 있었다. 첫째는 골치 아픈 문제가 생기면 한동안 걱정에 빠져든다. 그러다가 걱정이 너무 커져 숨쉬기가 어렵고 머리가 멍해지면 머리를 마구 흔들어 대는 것이다. 그러면 신기하게도 비듬이 떨어지듯이 스트레스가 상당 부분 떨어져 나간다. 둘째는 거울을 바라보며 주문을 읊는 방법이다. 괜찮아, 잘될 거야, 괜찮아, 잘될 거야. 한 쉰 번쯤 계속 주문을 외우면 어느 순간부터 마음이 밝아져 온다. 근거 없는 낙관주의자로 변신하는 것이다.

하지만 이런 방법들도 몸이 건강할 때나 효과가 있지 몸이 약해지니 아무 소용 없다. 내 생애 최대의 난관에 봉착했을 당시 내 건강 상태는 최악이었다. 아무리 머리를 흔들고 주문을 외워 봤자 몸이 따라 주지 않으니 스트레스는 계속 커져만 갔다. 결국 스트레스에 짓눌린 몸은 완전 진이 빠져 껍질만 남았다. 병원에 입원해서 몸을 망가뜨렸던 병소를 제거하고 나서야 스트레스도 서서히 내 몸을 떠나기 시작했다.

그렇게 치명적인 펀치를 맞은 후부터 나의 스트레스에 대한 내구력은 현저하게 약해졌다. 한동안 나는 수도꼭지를 고치는 일 따위의 조그만 스트레스에도 휘청거렸다. 고장 난 초인종을 고치는 데 무려 1년이 걸릴 정도였다. 수리 센터에 전화를 거는 일을 생각만 해도 정신이 아득해지고 진땀이 났기 때문이다.

누가 내게 조금만 거슬리는 말을 해도 웃어넘기지 못했다. 돌이켜 보니 꽤 오랫동안 그랬던 것 같았다. 스스로가 아무 쓸모 없고 무력한 존재로 생각되어 나도 모르게 한숨을 자주 쉬었다.

결국 시간이 약이었다. 시간과 더불어 몸이 나아지고 몸이 나아짐에 따라 스트레스도 함께 줄어들어 갔다. 그러나 원상 복구는 불가능했다. 시간과 더불어 몸도 늙어 갔기 때문이다. 어렸을 때는 늙으면 매사에 무감각해질 거라고 짐작했다. 새로움이나 아름다움에 둔감해지는 것처럼 기쁨이나 괴로움, 아픔도 훨씬 가볍게 넘길 수 있을 거라고 생각했다.

모든 예상은 빗나가게 마련인가. 다른 사람들은 몰라도 내게는 나이들어도 가벼워지지 않는 것이 너무 많다. 나이 들었다고 저절로 가벼워지는 게 아니기 때문에 세상에는 '아름답게 또는 유쾌하게 나이들어 가는 법'을 가르쳐 주는 말씀들이 넘쳐 나는지도 모른다.

낮에는 그런대로 다독거릴 수 있지만 밤이면 새롭게 살아나는 이번 스트레스가 과연 언제 나를 떠날지 자못 궁금하다. 지금으로선 '모든 것은 결국 다 지나간다'는 사실만이 내게 희망이다.

...

내 남편 맞아?

　인천공항에서 겨우 한 시간 남짓의 거리였다. 중국 산둥성 지난濟南시. '입국 절차가 듣던 것보다 간단하군' 하고 마음을 놓는 순간, 중국 공안이 나를 제지했다. 내 손에 든 여권을 가로채며 잠깐만 기다리라는 말이 영어였나? 아무튼 젊고 잘생긴 공안은 그렇게 내 눈앞에서 사라졌다. 나보다 늦게 나온 일행들은 벌써 수하물 찾는 곳으로 가는데 나는 속절없이 입국 심사대 바로 뒤편에 남겨졌다. 왜 나만? 머리 하얀 할머니한테 무슨 혐의가 있다고? 걸릴 게 아무것도 없으니 께름칙할 건 없지만 기분은 더럽게 구겨졌다.

문득 몇 년 전 뉴질랜드 오클랜드 공항에서 벌어진 상황이 떠올랐다. 친구인 조한혜정 교수가 오클랜드 대학에서 한국학 세미나가 있다고 해서 무작정 따라나선 길이었다. 당시는 9·11 테러가 난 지 얼마 안 된 때라 공항 검색이 무척 심하던 시기였다. 난 아무 일 없이 금방 입국 수속을 마친 반면 친구는 한참 동안 짐 수색을 당해야 했다. 아마도 동양인 테러리스트로 보였던 모양이다. 외국인 눈에는 나이든 동양 여성도 아주 젊어 보이는 모양이라고 한참 웃었던 기억이 난다. 하긴 그때 친구는 내 눈에도 히피처럼 보였다.

아, 어쩌면 내가 지난봄 네팔에 갔다 왔던 기록이 걸리는 모양이구나 싶었다. 네팔에는 티베트 난민이 많으니 혹시 그들로부터 반反중국 운동을 사주 받았을까 봐 겁을 낼 수도 있겠지. 그러고 보니 네팔을 자기 집 안방처럼 드나드는 어떤 지인으로부터 중국 비자를 받을 때마다 골치가 아프다는 말을 들은 게 기억났다. 그렇게 중국을 빈번히 다니건만 비자를 한 번에 내주는 적이 없단다.

괜히 시비를 걸면 어쩌나 싶어 은근히 겁이 났다. 그런지 5분쯤 흘렀을까, 어디선가 나타난 그 젊은 공안이 영어인지 중국어인지 모를 말을 웅얼거리며 여권을 돌려줬다. "셰셰." 아부성 미소를 잔뜩 띤 채 내 입에서는 어느새 고맙다는 중국어가 튀어나왔다. 집에서 새는 바가지 바깥에서도 샌다더니, 겁 많고 아부 잘하는 성정은 말릴 수가 없다.

일행들은 내 사정은 짐작도 못한 채 짐을 찾아 카트에 싣고 있었다. 찝찝한 기분으로 짐을 찾아 게이트로 나가니 금방 남편 모습이 눈에 띈다. 그런데 무언가 낯설다. 아이고, 저 양반, 참 젊어 보이네. 한 달 전 한국을 떠날 때보다 한 20년은 더 젊어 보인다. 아무래도 바짝 치켜 깎은 머리 덕분이다. 한국 같으면 나이든 사람에게 저런 헤어스타일을 권하지 않을 텐데, 역시 중국이구나.

남편 친구 네 커플과 우리 부부의 5박 6일 산둥성 투어는 그렇게 시작되었다. 참 오래된 친구들이었다. 남편과는 중학교 때부터 동창들이고 나는 연애 시절부터 알던 사이다. 그중 한 친구는 신혼 때 미국으로 건너가 지금까지 살았다. 친구 중 한 명은 20년 전 아내와 사별한 후 새 여자친구를 사귀어 이번 여행에 동행했다.

남편 친구들과의 여행은 30년도 더 전, 아이들이 어렸을 때 안면도에 갔던 것이 유일무이한 기록이다. 한 달에 한 번씩 수십 년을 꼬박꼬박 만나면서도 함께 여행을 해본 적이 없다니 신기할 지경이다. 그만큼 바쁘게 살았던 걸까, 아니면 그만큼 데면데면하게 살았다는 증거일까. 이번 여행도 미국에 사는 친구가 먼저 중국에 가고 싶다고 제안을 해서 이루어졌다.

지난은 나도 처음이다. 남편이 중국에서 새로운 인생을 시작한 지 1년이 넘도록 한 번도 가 보지 않았다고 말하면 모두들 깜짝 놀란다. 어떤 사람들은, 물론 주로 남자들이지만, 늙은 남편이 타국 생활을 하는데 아내가 따라가지 않았다는 사실에 거의 충격을 받는 것 같다. 그들에게 나는 마치 남편을 머나먼 유배지에 보내 놓고 희희낙락하는 악처로 비치나 보다.

여자들은 다르다. 특히 나이 먹은 여자들은 노골적으로 부러워한다. 소문난 닭살 커플인 내 동창 하나는 어떻게 하면 남편을 멀리 보낼 수 있는지 진지하게 묻기도 했다. 하지만 이런 친구들도 내가 중국에 한 번도 안 갔다고 하면 이상하게 본다. 어떻게 사는지 궁금하지도 않느냐, 때 맞춰 밑반찬이라도 만들어 놓고 와야 하지 않느냐면서.

남편이 그동안 네 번이나 한국에 왔다 갔고 여름방학과 겨울방학엔 한 달씩 있다 갔다고 변명 아닌 변명을 해도 사람들은 의아해하는 시선을 쉽게 거두지 않는다. 나보다 서너 살 위의 어떤 여성은 나를 빤히 쳐다보면서 "알고 보니 아주 문제 있는 부부시네요"라고 판결을 내리기도 했다.

솔직히 억울하다. 나는 중국을 안 간 것이 아니라 못 갔다. 이는 전적으로 남편 탓이다. 남편이 중국에서 그 어느 때보다 행복하게 지내고 있다는 사실을 잘 아는 나로서는 그가 어떻게 지내는지 궁금해서가 아니라 산둥성이 어떤 곳인지, 지난이 어떻게 생겼는지 알고 싶어서라도 그곳에 가고 싶다는 뜻을 여러 번 비쳤다. 하지만 그때마다 남편은 자기가 새로운 생활에 적응하느라 너무 바빠서 내가 오면 오히려 방해만 된다느니, 지난은 베이징과 달리 볼거리가 아무것도 없다느니, 공기가 너무 나쁘다느니, 너무 더운 계절 아니면 너무 추운 계절이라느니, 자기가 금방 한국에 갈 일이 있다느니 온갖 핑계를 대면서 말렸다.

심지어 아이들이 휴가 때 가고 싶다고 해도 마찬가지였다. 오히려 아이들이 마음에 상처를 입을 정도로 적극 반대했다. 결론적으로 그만큼 그곳 생활이 바쁘고 재미있어서 외로울 틈이 없다는 의미겠지. 그런데도 아내라면 마땅히 남편을 돌봐야 한다면서 나를 나쁜 아내로 규정하고 싶어 하는 사람들의 심리는 도대체 뭘까. 정말 심심한 사람 참 많은 것 같다.

　결국 난 미국 사는 남편 친구 덕분에 가까스로 지난 방문을 허락 받은 셈이다. 아니, 그게 아니라 사실을 밝히자면, 어느 날 한밤중에 미국 친구의 아내로부터 전화가 왔다. 자기 남편 마음대로 중국 동반 여행을 결정한 것 같은데 당신은 어떻게 할 거냐고, 당신이 안 가면 뻘쭘해서 어떻게 하느냐고, 그렇다면 자기도 안 가고 한국에 있겠노라고. 하긴 그럴 만도 하겠지, 나라도 그랬을 테니까. 일이 이쯤 되다 보니 이번엔 남편이 나한테 사정을 해야 할 형편이 된 것이다. 친구 아내의 중국행을 위해서라도 나보고와 달라고. 픽 하고 웃음이 나왔다. 하지만 어쩌랴, 그게 내 남편이고 이날 이때까지 그러고 살았는데.

아무튼 미국 친구의 제안이 계기가 되어 한국에 있는 친구들 세 커플도 함께 중국 여행을 하기로 일이 확대되었던 거다. 여름방학에 다니러 온 남편은 근 한 달간을 끙끙 앓으면서 여행 계획을 짜는 눈치였다. 워낙 꼼꼼한 성격이니 아마 치밀하게 프로그램을 준비했겠지 짐작한 대로, 과연 여행은 예상했던 것보다 훨씬 흥미진진하고 다채로웠다. 모두들 대만족이었다.

　내가 가장 재미있었던 건 여행 내내 남편에게서 새로운 면모를 발견할 수 있었다는 점이다. 한마디로 한국에서는 모든 일에 굼떠서 답답했던 남편은 어디로 사라진 대신 빠릿빠릿하고 활기찬 남자가 새로 나타났다. 물론 중국이 자기 활동 영역이고 또 이번 여행의 책임을 도맡았으니 긴장을 해서 그랬겠지만 한 달 전과는 완전히 딴판이었다. 한국에선 발을 질질 끌고 걸어 나한테 늘 주의를 받았는데 웬걸, 이건 완전 젊은이의 걸음걸이였다.

　게다가 호텔이 아닌 남편의 집에서 잤던 어느 날 아침에는 커피를 타 주는 것도 모자라 달걀 프라이까지! 이럴 수가. 중국에 살더니 중국 남자가 다 됐네. 집 안도 완벽하게 정리된 상태. 쓰레기통 같은 우리 집과 비교하면 이건 뭐 아파트 모델하우스라고 불러도 좋을 것 같았다. 도대체 이런 살림 솜씨를 그동안 왜 발휘하지 않았던 거지? 나보고 오지 말라고 했던 이유도 충분히 이해할 수 있었다. 남편의 인생은 지금 그 자체로 충족 상태였던 거다.

직접 내 눈으로 확인하고 돌아오니 가뜩이나 편했던 마음이 한결 더 편해졌다. 아이들한테도 아버지 칭찬을 구구절절 늘어놓았다. 아주 잘 살고 있다고. 아이들은 혹시 이 무심한 어머니가 착한 아버지를 그곳에 영원히 격리하려는 속셈이 있는 게 아닐까, 살짝 의심하는 눈치였지만 역시 흐뭇한 표정들이었다.

나이들어 떨어져 사는 맛, 이보다 좋을 수가 없구나.

...

우리 서로
손뼉을!

다시 해가 저문다. 틀에 박힌 표현이지만 새해가 시작된 게 바로 엊그제 같은데 벌써 세밑이다. 젊었을 때는 거리에 울려 퍼지는 크리스마스 캐럴 때문에라도 한 해의 마무리에 대한 마음의 준비를 했는데 요즘은 소리 소문 없이 마지막 달이 닥친다.

아니, 세밑의 알림장이 아주 없는 건 아니다. 달라졌을 뿐이다. 아침에 일어나 맨 먼저 하는 일, 컴퓨터를 켜고 메일을 열어 보면 평소 기웃기웃했던 여러 단체에서 보내온 후원회와 송년 모임을 알리는 소식이 수북이 쌓여 있다.

후원회도 해가 갈수록 다양해져 그림 전시회, 음악회, 바자회 등으로 변신했다.

워낙 짧은 기간에 한꺼번에 몰리다 보니 일일이 찾아다니기도 어렵다. 후원회가 여럿이어도 모이는 사람들은 대부분 그 사람이 그 사람이니 몇몇 모임을 놓쳐서 보고 싶은 사람을 못 만났다고 애석해할 것도 없다. 안타깝지만 서로 후원 품앗이를 하는 게 이 바닥의 전통이 되어 버렸기 때문이다.

단체들의 살림살이는 좀처럼 나아질 기미가 보이지 않지만 사람도 모임도 세월과 함께 넉넉해지는 느낌이 든다. 재작년보다는 작년이, 그리고 작년보다는 금년이 한결 푸근한 분위기인 데다가 심지어는 애틋한 느낌까지 들 때가 많다. 이 변화무쌍하고 파란만장한 세상을 같은 쪽을 향해 함께 걸어간다는 게 어디 보통 인연인가 말이다.

조그만 송년회는 한결 더 포근하다. 무슨 일이 그리들 분주한지 1년에 한두 번 만나는 사이라도 알고 지낸 시간의 켜가 점점 두꺼워져 가니 알게 모르게 정도 그만큼 진해지는 것 같다. 모임 초기에는 마음에 들지 않았던 사람들, 만나고 나면 왠지 기분이 불쾌해지던 사람들도 세월과 더불어 어느새 좋은 감정만 남게 된다. 상대편도 아마 나와 똑같으리라 믿는다.

어제 있었던 모임에서 누군가가 말을 꺼냈다. 각자 올한 해에 생겼던 좋은 일들을 소개하고 서로에게 손뼉을 쳐주자고. 멤버가 열댓 명이나 되다 보니 좋은 일도 갖가지였다. 누구는 큰 상을 타고 누구는 새 책을 내고, 또 누구는 자녀를 결혼시키고 누구는 오랜만에 손주를 봤다. 누구는 아프리카 여행을 했는가 하면 교외에 텃밭 딸린 집을 마련한 이도 있었다.

좋은 일을 말할 때마다 모두 자기 일처럼 기뻐하며 손뼉을 쳤다. 예전 같으면 아마 달랐을 것이다. '다른 사람의 행복은 곧 나의 불행'이란 말도 있듯, 살다 보면 남의 기쁨을 함께 나눈다는 것이 슬픔을 함께 나누는 것보다 얼마나 어려운 일인지 우리 모두 잘 알기 때문이다.

달아오른 분위기에 찬물을 끼얹듯 누군가가 시큰둥한 표정으로 말했다. 너희는 참 좋겠다, 그런데 난 올해 좋은 일이 하나도 없었어. 재수 없는 일만 연달아 생겼거든. 딸

내미가 이혼한 데다 남편은 친구한테 돈을 떼였지, 나까지 악몽을 꾸는 바람에 침대에서 떨어져 갈비뼈가 부러졌으니까.

잠시 침묵. 하지만 누군가가 얼른 말을 받았다. 아이가 생기기 전에 갈라섰으니 얼마나 다행이냐, 그리고 남편이 너 몰래 집을 저당 잡히지 않았으니 그것도 다행, 너도 갈비뼈가 부러졌는데도 무사히 나아서 이렇게 모임에 나올 수 있게 되었으니 얼마나 좋은 일인가, 더 나쁘게 전개될 수 있었음에도 그만하니 정말 다행이다, 짝짝짝.

저 사람이 20년 전에도 저렇게 긍정적이었나 의문이었지만 그걸 따져서 무엇한담. 불행에서 행복을 건져 올리는 기술에 감탄하는 것으로 족하다. 듣는 사람도 예전 같으면 불난 집에 부채질하느냐며 화를 버럭 냈을 테지만 오히려 크게 위로받은 듯한 표정이었다.

그러고 보니 손뼉 칠 일이 하나둘이 아니었다. 외국에 이민 갔다가 정착하지 못하고 돌아왔어도 노년을 친구들과 더불어 지내게 되었으니 축하할 일이고, 건강을 자신하다가 갑자기 쓰러졌지만 아주 드러눕지 않게 된 것만 해도 축하할 일이니 모두모두 손뼉을!

처음엔 억지 춘향이 아닌가 싶어 조금 어색했지만 서로에게 힘껏 손뼉을 쳐 주다 보니 금방 마음도 밝아지고 얼굴도 활짝 펴졌다. 손뼉의 힘, 긍정의 에너지 덕분이었다.

와자지껄 웃고 떠드는 가운데 나는 문득 올 한 해 나 스스로와 이웃에게 얼마나 손뼉을 쳤던가 돌이켜 봤다. 아무리 생각해도 참으로 인색하게 굴었던 것 같았다. 나이가 든다고 저절로 너그러워지는 게 아니라 너그러워지기 위해선 열심히 노력해야 한다는 사실을 잘 알면서도 그게 말처럼 쉽지 않다.

말로는 '다름'을 인정해야 한다고 거듭거듭 되뇌지만 나와 너무 다른 사람에게 내가 기껏 할 수 있었던 건 가능한 한 그 사람을 눈으로는 보면서도 마음으로는 아예 못 본 척하는 정도였다. 말을 나누면서도 짐짓 소통은 차단할 때가 많았다. 어찌 보면 노골적으로 미움을 표현하는 것보다 훨씬 냉혹한 짓이 아니었을까.

며칠 전 오랜만에 옛 친구를 만났는데 만난 지 30분이 채 안 돼 후회한 적이 있었다. 그는 젊었을 때도 시종 혼자 떠드는 스타일이었는데 예순이 넘어서도 여전했다. 나랑 아무 상관없는 다른 사람의 이야기를 계속 듣고 있자니 속에서 짜증이 일었지만 차마 말을 끊을 수가 없었다. 그는 내 심정을 짐작도 못했는지 다음에 또 만나자며 맑게 웃었다. 헤어지기 아쉬워하는 그의 표정을 보면서 난 많이 미안했다.

돌이켜 보면 또 내게 잘해 주는 사람들에게는 속으로 '내가 당연히 받을 대접'을 받는다는 교만이 앞선 적이 많았던 것 같다. 하지만 대접은 대접하는 자의 몫이지, 대접받는 자의 몫이 아니지 않은가. 남의 고마움을 인정하고 대접할 줄 아는 사람이 정말 고마운 사람이라는 걸 자꾸 잊는다.

나를 사랑하는 친구 하나는 내가 스스로에게 너무 인색하게 구는 성향이 있어서 안타깝다고 한다. 좋은 의미의 겸손이 아니라 어쩐지 자존감이 결여된 것 같다는 의미다. 그 친구의 진단으로는 내가 부모, 특히 아버지로부터 칭찬을 받지 못하고 자란 성장 과정 때문일 거란다.

친구의 진단이 맞을지도 모른다. 하지만 친구의 그 진

단도 따지고 보면 나의 일방적인 말을 듣고 내린 것이다. 나는 어쩌면 내가 가진 모든 결점을 부모 탓으로 돌림으로써 스스로 나아질 생각을 하지 않았던 건 아닐까. 어른이 되어서도 부모에게 책임을 묻는 건 그야말로 미성숙한 태도다. 언제까지 남의 손뼉만 기대하며 살려는지 한심하다. 어른이 되었으면 스스로에게 손뼉 치는 법을 배웠어야지. 자신한테는 인색하면서 남들보고 자신을 사랑하라고 말하면 뭐하나. 우리 사회의 가장 큰 병폐가 언행불일치라고 거품을 물 자격도 없다.

풍성한 손뼉과 축하의 기운이 넘치는 송년회장에서 나는 반성한다. 혹시 지난 일을 반성하기엔 너무 늦었을까. 또는 자신을 너무 사랑한 나머지 얼마 지나지 않아 구제할 수 없는 '자뻑' 할머니가 되는 긴 아닐까. 그렇지 않아도 곳곳에 나이 먹은 자뻑들이 진을 치고 앉아 골치가 아픈데 나까지 거들어?

아직도 앞길이 구만리 같은데 늦긴 뭐가 늦어. 그리고 손뼉을 치니까 이렇게 행복해지는데 앞으로는 되도록 손뼉을 많이 치며 살아야지. 좀 못마땅한 사람에게도, 나 스스로에게도. 자뻑이면 좀 어때. 그런데 참, 손뼉을 많이 치면 혈액순환이 잘돼서 건강에도 좋다고 하더구먼. 게다가 웃음은 만병통치약이라잖아. 이렇게 손바닥이 빨개지도록 손뼉 치고 숨이 넘어가도록 웃다가 혹시 백 살 넘게 사는 거 아냐?

...

60 넘어,
자유!

문득 깨닫는다. 몸과 마음이 가볍다. 나는 자유다! 신기하다. 나이 60을 훌쩍 넘어, 어느 봄날, 남산의 벚꽃길에서 함박눈처럼 탐스럽게 떨어지는 꽃비를 맞으며 걷던 오후, 내 안에 자유가 넘침을 느낀다.

바로 엊그제까지 사는 게 왜 이리 무거우냐며 징징대던 나였다. 친구에게 전화를 걸어, 고진감래라는 말은 거짓이다, 인생은 그냥 고진고래, 한 고개 넘으면 또 한 고개일 뿐이라며 한숨을 폭폭 내쉬었다. 그때 무슨 일이 있었던 걸까. 아마 가족 중 누군가가 병원에 입원했을 때였던 것 같다. 때였던 것 같다고? 겨우 얼마 전 일인데 까마득하게 여겨진다.

모든 일은 그렇게 물처럼 흘러간다. 죽을 것 같았던 고통도 며칠 지나면 그저 어릴 적 읽은 소설의 한 구절처럼 아스라하기만 하다.

나이 덕분이다. 나이든다는 거, 생각했던 것보다 참 괜찮은 일이다. 좀처럼 나를 놓아주지 않을 것 같던 그 끈질긴 욕심, 회한, 미움, 불안이 어느새 슬그머니 다 녹아 버렸다. 그 자리에 느긋함, 넉넉함, 연민, 고마움이 밀고 들어오는 중이다.

아침에 눈을 뜨면 처음 드는 생각이 고마움이다. 내가 살아 있는 것이 고맙고 주위 사람들이 여태까지 잘 살아준 것이 고맙다. 그렇다고 무슨 대단한 수양, 마음공부라는 것을 한 것도 아니다. 열심히 기도한 것도 아니다. 그냥 정신없이 한 살 한 살 꼬박꼬박 받아먹다 보니까 어느 날 저절로 그리되었다. 그래서 더 고맙다. 애쓴 것도 없는데 이리되다니. 오리무중 암중모색 헤매었을 뿐인데 어느 결에 마냥 가벼워졌다.

해마다 봄은 오지만 해마다 같은 봄이 아니다. 올봄은 지난봄보다 더 싱그러웠다. 개나리는 더 노랗게 피었고 진달래는 훨씬 더 고혹적이었다. 라일락 향기는 어찌 그리 짙으며 은행나무 새싹은 어찌 그리 앙증맞은가.

'모든 나이는 아름답다'는 말은 단지 듣기 좋은 수사가 아니다. 팩트다. 물론 사람마다 다를 터다. 얼굴이 다르듯이 생각이 다른 법이다. 젊은이만 나이드는 것을 두려워하는 게 아니다. 이미 나이든 사람도 마찬가지다.

얼마 전 한 행사장에서 만난 어떤 여성은 마치 불의의 습격을 당하기라도 한 양 씩씩거렸다. "내 나이가 예순일곱이라는 게 말이 돼? 징그러워 죽겠어." 내 짧은 정보에 의하면 그는 자기 나이보다 훨씬 더 많은 양의 콘텐츠를 쌓아 올린, 이른바 성공한 여성에 속한다. 국회의원까지 했다. 그럼에도 그는 아직도 할 일이 많은데 속절없이 나이만 먹어 앞이 콱 막혀 버린 듯한 기분인가 보았다. 예전 같으면 그런 말을 듣는 순간 '아이고, 저 욕심을 어떡하나' 하며 질려 버렸을 거다. 하지만 이제 난 정말 나와는 '꽤料'가 다르구나, 감탄할 뿐이다. 그래, 저렇게 생각하는 것도 나쁘진 않아.

솔직히 어렸을 때는, 이럴 줄 몰랐다. '나이든 사람도 세상이 재미있을까? 죽을 날만 기다리면서 그저 할 수 없이 사는 게 아닐까?'라고 생각했다. 마치 엄마는 태어날 때부터 엄마였던 것처럼 나이든 사람은 태어날 때부터 나이가 든 거라고 생각했다. 내가 나이들어 엄마가 되고 할머니가 된다는 사실을 좀처럼 믿을 수 없었다. 아니, 믿고 싶지 않았다. 나는 늙어서 추레한 흔적을 남긴 채 죽지 않고, 어느 바람 부는 봄날 벚꽃처럼 멋지게 스러지리라고 결심까지 했었다. 그게 결심한다고 될 일이 아니라는 걸 꿈에도 생각지 않았다.

한데 그런 결심은 젊어서 한때였다. 나도 모르는 새 한 살 한 살 나이들어 가던 어느 무렵부터 생각이 조금씩 바뀌기 시작했다. 적어도 나이든 사람이 따로 있는 게 아니라 내가 나이들어 간다는 사실을 깨달았다. 나도 스물을 넘고 서른을 넘을 수 있다는 걸 인정해야 했다. 하지만 마흔이 넘어가면 사는 게 시들해질 거라는 생각은 쉬이 변하지 않았다. 아이들 크는 것에나 보람을 느끼면서, 아파트 평수 늘리는 것에나 기쁨을 느끼면서 그럭저럭 살아 내리라 싶었다. 사는 게 그런 거지 뭐, 누구라고 별수 있어?

사실 30대는 그야말로 정신없이 살았다. 아이들 키우고 아파트 평수 늘려 가면서 전쟁처럼 살았다. 다행인지 불행인지 아이 키우기는 나한테 딱 맞는 일이었다. 때로는 아이들이 더 이상 자라지 않기를 은근히 바라기도 했다. 하지만 어느새 마흔이 코앞으로 닥쳐오고 그토록 오매불망 바라 왔던 한갓진 시간이 슬금슬금 늘어나자 왈칵 겁이 났다. 내 앞에 놓인 생이 한없이 길어 보였다. 아이들 크는 것만 바라보고, 솜씨 없는 살림이나 하면서 가끔 친구들과 수다나 떨며 살기엔 인생이 너무 지루할 것 같았다. 평소 금과옥조처럼 되새김했던, '여자 나이 마흔이면 환갑'이라던 시어머님 말씀이 비로소 의심스럽기 시작했다. 젊었다고 자랑할 수는 없지만 그렇다고 늙었다고 하기엔 억울한 나이가 마흔 아닌가. 아니, 어머님만큼만 살아도 앞으로 30년 이상을 살아야 하잖아?

네 인생에서 가장 잘한 일이 뭐냐고 묻는다면 아이 셋 낳은 것과, 마흔에 다시 사회로 나간 것이라고 대답하겠다.

이 두 가지는 암만 생각해도 기특하고도 기특한 짓이었다. 셋을 낳아 놓았으니 저희끼리 어울려서 잘 자랐지, 둘만 되었어도 내가 어설피 끼어들어 아이들을 괴롭혔을 게 틀림없다. 그리고 어떤 나이도 그렇겠지만 내 생각엔 마흔이라는 나이처럼 '시작하기에 좋은 나이'도 없는 것 같았다.

사는 게 뭔지 대충 감 잡은 때, 그게 마흔이 아닐까. 물론 똑똑한 이들은 아주 이른 나이에도 '내 인생은 내가 산다'며 자신의 길을 개척해 가지만 나를 포함한 대부분의 사람들은 그러지 못한다. '좋은 게 좋다'라는 말이 괜히 있는 게 아니라며 남이 그어 준 줄을 따라 걷는 쪽을 택한다. 뭐니 뭐니 해도 안전이 제일이라고 배워 왔으니까.

그렇게 연 40대, 돌이켜 보면 참으로 엄청난 양의 일을 해치웠다. 매일매일이 생애 처음으로 하는 일들로 채워졌다. 스스로에게 감탄하면서 몸에 과부하가 걸릴 정도로 바쁘게 휘몰아친 10년이었다. 보람도 컸지만 욕심은 그보다 더 컸다. 이 세상에 마음만 먹으면 안 될 일이 없을 것 같았다.

쉰 줄에 들어서자마자 여러 곳에서 브레이크가 걸렸

다. 위기가 닥쳤다. 남편의 사업은 주저앉았고 내 몸의 에너지는 고갈됐다. 아이들이 다 자랐기 때문에 경제적 위기보다 몸의 위기가 훨씬 심각했다. 마음의 나이가 몸의 나이를 너무 멀리 추월한 탓이었다. 조율이 필요했다.

아이들이 모두 떠나고 집에는 달랑 부부만 남은 때도 이때였다. 햇수로 따지자면 짧지 않은 역사를 함께한 동반자인데 왜 그리 낯설던지. 젊었을 때의 예상과 정반대로 부부는 '오순도순'이 아니라 '데면데면' 모드로 들어갔다. 적응하는 데 꽤나 힘이 들었다.

그리고 어느새 예순을 훌쩍 넘겼다. 한동안 티격태격하던 늙은 부부는 이제 좋은 친구로 서로를 바라보게 되었다. 몸도 마음도 가벼워졌다. 아이들은 각자 잘 살아가고, 남편도 뒤늦게나마 적성에 맞는 일을 찾았고, 나도 적당히 바쁘면서 적당히 한가하게 살아간다. 손주도 벌써 다섯 명이나 된다. 곳곳에서 재미를 느낀다.

요즘은 "정말 행복해 보이세요"라는 말을 자주 듣는다. 듣기 좋으라고 하는 말이겠지만 "선생님처럼 나이들면 좋겠어요"라는 말도 가끔 듣는다. 20년 연상인 어느 분으로부터 "얼굴에 은혜가 충만하다"라는 말씀을 듣곤 송구스러워 쩔쩔맸다. 아무튼 궁상스럽겐 안 보이는 모양이니 얼마나 다행인가. 이쯤이면 괜찮게 산 셈이다.

일흔이 되면 어떨까? 그때도 이렇게 가벼우면 좋겠다. 여든이 되면? 아흔이 되면? 아니, 다 비웠다면서 다 뻥이잖아.

다시 스무 살이 된다면

살다 보면 나이 먹은 게 벼슬일 때도 있다. 나이들었다는 이유 하나만으로 엉뚱한 일을 떠맡기도 한다. 지난 5월 초 조그만 모임에서였다. 한 청소년 관련 단체에서 프로그램 기획을 맡고 있는 젊은 후배가 운을 뗐다. 올해 성년의 날에는 색다른 성년식을 꾸릴 계획인데 나보고 그 주례를 서 달라나 뭐라나. 너무 생뚱맞은 제안이라 처음엔 무슨 말인지 제대로 알아듣지도 못했다.

아니, 성년식 주례라면 어느 모로 보나 청소년들이 본받을 만한 어른이 맡아야지 똑 부러지게 내놓을 만한 일

하나 없이 나이만 먹은 나 같은 사람이 가당키나 하냐고 펄펄 뛰었지만 결국 난 그 제안을 받아들이고 말았다. 뭐 갑작스레 나도 존경받을 구석이 한 군데쯤은 있지 않을까 슬그머니 자신감이 생겨서가 아니다. 그 성년식이 전통적인 틀을 벗어나는 데다 또 내가 그 모임에서 두 번째로 나이가 많을뿐더러 결정적으로, 요즘 보기 드물게 손주를 다섯이나 둔 관록 붙은 할머니이니 마땅히 손주 같은 젊은이들을 격려해야 할 의무가 있다고 주위에서 몰아붙였기 때문이다.

끝까지 거절하면 나만 이기적이고 나쁜 할머니가 되는 그런 이상한 분위기였다. 울며 겨자 먹기로 떠맡긴 했지만 집으로 돌아가는 길 내내 후회가 물밀듯 밀려왔다. 이 나이까지 여전히 딱 부러지게 거절하지 못하고 어울리지 않는 일을 등 떠밀려 떠맡다니, 스스로 한심스럽기 짝이 없었다.

아무튼 그날부터 성년식이 있는 날까지 무려 보름 정도나 나는 머리가 지끈지끈했다. 솔직히 지난 몇십 년간 생뚱맞은 짓을 잘도 하고 다니던 나였다. 서울시청 앞 광장에서 열린 다문화 부부 결혼식에서 강지원 변호사와 공동주례를 서지 않나, 외국인들도 잔뜩 모인 영화제 리셉션이라는 곳에서 천연덕스럽게 인사말을 하지 않나, 생전 처음 맡은 일들을 마치 평생 해 온 것 같은 폼으로 해치우는 배짱을 자랑하던 나였다. 하지만 이제 막 어른의 문턱을 밟는, 나와는 전혀 다른 성장 과정을 겪어 온 요즘 청소년들에게 어떤 말을 해 줘야 할지 쉽게 떠오르지 않아 난감하기만 했다.

가장 큰 걸림돌은 아무리 나 자신을 너그럽게 봐 줘도 청소년들에게 이러이러하게 살아라 하고 자신 있게 말해 줄 주제가 못 된다는 판단이었다. 사실 어쩌다 가끔 스무 살 언저리의 나를 돌이켜 볼 때가 있었다. 그때마다 정말 '아무 생각 없이' 살았구나 하는 기억 때문에 피식 헛웃음과 더불어 가슴이 철렁하기 일쑤 아니었던가.

내가 이렇게 말하면 내 친구들은 또 '겸손이 지나쳐 교만이 하늘을 찌른다'며 빈정거리겠지만 여기서 다시 한 번 고백한다. 내가 우리 아이들에게 비교적 잔소리를 하지 않고 키웠던 것은 남들이 평가하듯이 무슨 깊은 철학이나 뚜렷한 교육관이 있어서라기보다 아이들한테 이러이러하게 살아라 하고 다그치며 이끌어 줄 자신감이 아예 없었기 때문이다. 어쩌다 보니 세 아이의 엄마라는 자리를 꿰차긴 했지만 현재는 늘 숨 가빴고 미래는 늘 불안했다. 하루하루 쌓이는 일을 해치우는 것만으로도 내 몸과 마음은 버거웠다. 그러니 아이들을 어떻게 키워 보겠다는 뚜렷한 비전 대신 아이들이 갖고 태어난 잠재력이 오롯이 피어나기만을 기다리며 지켜본 것이 내가 한 엄마 노릇의 전부였다. 아이들이 아무리 못났다 해도 적어도 엄마인 나보다는 잘났으리라는 믿음 하나만은 확고했으니까.

부끄러운 이야기지만 마흔 무렵만 해도 난 다른 사람들도 나처럼 아무 생각 없이 사는 줄 알았다. 착각이 깨진 건 다시 사회생활을 시작하면서부터였다. 인생과 사회에 대해 깊이 생각하며 사는 여성들을 도처에서 만난 건 신선한 충격이었다. 물론 그 충격이 이미 타성에 길들여진 나를 뿌리째 바꿔 놓지는 못했지만 난 날마다 조금씩 변화되어 가는 자신을 느꼈다. 드디어 난 생각을 하면서 살기 시작한 것이다.

문제는 미래만 생각하면 좋을 텐데 걸핏하면 과거를 돌아보게 된다는 것이었다. 특히 스무 살 무렵으로 거슬러 올라갈 때마다 나는 일종의 자괴감 같은 것에 빠지곤 한다. 사소한 유혹을 따르다가 꽤 괜찮은 재능을 낭비하며 살았다는 후회가 물밀듯이 일기 때문이다. 그 좋은 시절에 생각을 조금만이라도 하고 살았다면 얼마나 좋았을까.

물론 지금 스무 살로 돌아가고 싶다는 말은 결코 아니다. 누가 그때로 돌려보내 주겠다고 하면 절대 사양이다. 하지만 내 의사와 상관없이 막무가내로 나를 스무 살로 돌려보내 준다면 이번에는 좀 다르게 살고 싶다. 무엇보다 사소한 유혹에 휘둘리지 않고 세상을 멀리 내다보며 살고 싶다. 생각하며 살겠다.

인생이 생각대로 풀리는 건 아니겠지만 그래도 생각 안 하면서 사는 것보다 생각하며 사는 게 훨씬 나을 거다. 아, 맞다. 쓸데없이 막연한 후회에 빠지지 말고 한번 건설적으로 생각해 보자. 만약 내가 스무 살로 돌아간다면 구체적으로 어떤 생각을 하면서 살고 싶은지, 그걸 열심히 생각해 낸다면 혹시 그럴듯한 주례사로 써먹을 수 있지 않을까.

너희는 이러이러하게 살아라 하고 잔소리처럼 말하는 대신 내가 만약 스무 살이라면 이러이러하게 살고 싶다고 말하면 듣는 아이들도 덜 부담스럽겠지. 더 바란다면 '아, 저렇게 머리가 하얘져도 저렇게 살지 못할 수 있다는 말이 구나' 싶어서 오히려 위로를 받을 수 있을지 몰라.

그리하여 열흘 남짓 동안 나를 옭죄었던 근심거리는 단숨에 해결되었다. 성년식을 하루 앞둔 5월의 어느 봄밤, 나는 감기 기운으로 비몽사몽인 채 내 인생의 반성문이자 스무 살 때 하면 정말 좋았을 생각들을 풀어냈다. 스무 살로 돌아가기 싫다면서 웬 하고 싶은 일들이 그리도 콸콸 쏟아지던지 참으로 신기했다.

드디어 환대와 온정이 꽃처럼 피어오르는 소박하고 아름다운 성년식에서 나는 스무 살 때 내가 못한 다짐들을 뒤늦게 읽어 내려갔다.

〈스무 살을 맞는 그대들에게 예순네 살 먹은 혜라니 할머니가〉

1. 세상에 태어난 것을 기쁘게 생각하겠습니다.

2. 스무 살이 되도록 별 탈 없이 살아 있는 것을 고마워
   하겠습니다.

3. 스무 살이 되도록 낳아 주고 키워 주신 분들에게 고
   마워하겠습니다.

4. 나와 함께 놀아 준 친구들에게 고마워하겠습니다.

5. 마음에 안 드는 사람들도 미워하지 않겠습니다.

6. 잘난 친구를 시샘하지 않겠습니다.

7. 오늘이 마지막인 것처럼 의미 있게 그리고 재미있게
   살겠습니다.

8. 불안을 젊음의 특권으로 받아들이고 그것에 휘둘리
   지 않겠습니다.

9. 하루에 단 몇 페이지라도 좋은 책을 찾아 읽겠습니
   다.

10. 하루에 한 번씩은 꼭 하늘을 쳐다보겠습니다.

11. 내 몸을 소중히 여기겠습니다.

12. 모든 생물체를 함부로 대하지 않겠습니다.

13. 내가 정말 하고 싶은 일을 열심히 찾아내겠습니다.

14. 내가 먹을 밥은 내가 번다는 생각을 잊지 않겠습니다.

15. 일이 안될 때 남을 탓하지 않겠습니다.

16. 넘어지더라도 툭툭 털고 일어나겠습니다.

17. 일과 사람에 대한 호기심을 잃지 않겠습니다.

18. 가능한 한 여행을 많이 하겠습니다.

19. 악기 하나를 꾸준히 익히겠습니다.

20. 편견에 사로잡히지 않도록 늘 마음을 열어 두겠습니다.

그런데 이게 웬일인가. 듣는 아이들보다 읽는 나의 가슴이 더 찌르르했으니. 그 자리에 참석한 어른 몇 명도 하나같이 다 자신들에게 하는 말 같아서 감동적이었다면서 나의 쑥스러움을 눙쳐 주었다.

며칠 후 만난, 내가 가장 존경하는 선배 한 분은 그 주례사를 들었다며 슬쩍 나를 찔렀다. "우리도 이날 이때까지 못한 어려운 일들을 어린 사람들한테 주문하면 어떡해!"

아니, 저렇게 훌륭한 분도 그런 말씀을 하시다니. 선배

의 그 따뜻한 핀잔에 나는 오히려 큰 위로를 받았다. 이쯤
되면 주제넘은 짓도 가끔 저질러 봐야겠네.